昧旦書

音樂是好的，花茶是好的，風景和想像也是好的，
但在兩個人之間，是一個海灣，
沒有橋，有看不見的暗湧。

葉輝　著

唱著哀歌對抗時間的詩人

◎楊照

葉輝住在一座「日漸失憶的城市」香港，我住在另一座同樣不斷流失記憶的城市台北；葉輝在日日追逐浮象的新聞業工作了超過三十年，我從新聞評論再到新聞編輯的工作，也做了十多年。或許因為這樣相近的現實條件，所以寫起散文來，葉輝和我，往往都會以記憶作為貫串文字之流的主軸。

不過，我們兩人的相似到此為止。書寫記憶，我的慣用語是「我還清清楚楚記得」；而最常出現在葉輝文中的句子卻是「依稀記得」或「記得不太清楚了」。

葉輝寫的，不是簡單重返記憶現場，用文字復原那已逝了的時光。那時光只能「依稀記得」，產生的是一種恍惚失神的狀態，與其說在回憶，毋寧更接近痛悔回憶之不可靠，甚至回憶之不可能。

因而葉輝筆下，有一種莫名的哀涼，始終浮盪着。儘管文章裏有很多懷舊的成分，但葉輝從來不能或不願好好地懷想當年。他不是靜下心來，坐在窗前望着將落的夕陽，讓自己腦中盈滿過往形影聲音，那樣的寫作者。一次又一次的回憶，都讓他不安，站立踱步，往復尋找卻註定捕捉失焦。

所有還能清楚記得的，似乎也就不值得追憶了。藉着文字，葉輝試圖探究的，是那根底上的不可能。記不起來的細節、忘了名字的合影者，那些一般人視為理所當然必然自生活中快速流逝的，卻讓葉輝耿耿於懷，終夜難寐。

書中他藉別人的書信，表達了非常符合他自己寫作態度的困頓。「文字這樣隔……卻又是我唯一的憑藉。」是了，文字不是葉輝的首選，真正的選擇，是將所有一切記憶存留；文字是不得已，人無從記得一切，所以才不得不憑藉、依賴文字，在書寫中追索。文字和那逝去的經驗間，早已有了無可彌縫的距離，更糟的是，文字書寫相應帶來追悔的情緒，在追悔中書寫，又在書寫中體會更深的追悔。

在這一點上，明顯地，葉輝是個詩人，帶着詩人對於文字的曖昧態度，寫着他的散文，唱着他的哀歌。詩人不信任文字，不接受文字有可能精確表達感受，所以他們不斷琢磨文字，希望讓文字靠近感受，每一分琢磨，都是成就，卻也都是折磨，刺激出更深的、絕對的失敗挫折。那真正顯影、取代經驗、情緒的文字，從來都不存在，但詩人卻又無法讓自己停止追求、琢磨。

「愛情哀亡，書寫才剛剛開始」。書寫永遠是落後的，永遠是不完美的替代，永遠面向某種遺失與消散。如果沒有遺失、沒有消散，那麼人只要好好認真活着就可以了，不需書寫。

令人驚心動魄，格言式的話語：「往事如沙，自尊心卻不是那麼想。」往事本來如沙，過去了就過去了，再也握不住抓不緊，這才是生活的真相。然而，我們的自尊——面對時間侵蝕的一種不甘抗拒吧——卻無法坦然接受這樣的真相，於是想要藉書寫挽留那必定從指縫間溜走的往事，更想要藉書寫創造一種自己並沒有徹底輸透的掙扎。

書寫無益於我們重建往事，只會使我們在追憶中悵然失眠，盯視昧旦之逝，但我們可以因此將被時間壓彎的脊梁挺一挺，不輕易認輸。

目次

卷二　最灰的時光

卷三 縫紉機和雨傘

卷一　往事如沙

河水蒼涼，往事如沙

一

有一段日子，生活是這樣開始的：眼鏡在床上，恤衫在浴室（有時搭在洗手盆，有時放在浴缸），褲也許脫在沙發上，也許掉在地板上；至於鞋和襪，總要定一定神，花十分八分鐘在房子的一些角落找回來……

還有工作證，還有錢包，還有鑰匙，還有領帶，還有手錶……等等。

當這些身外之物都給尋找齊全，就鬆一口氣，細想：昨夜大概是喝多了。

總是給那段頹唐的日子貼上一些蒼涼而華美的標籤，比如辛波絲卡（Wislawa Szymborska）的〈一粒沙看世界〉（*View with a grain of sand*）：

我們稱它為一粒沙，
但它既不自稱為粒，也不自稱為沙。
沒有名字，它照樣過得很好，不管是一般的，獨特的，
永久的，短暫的，謬誤的，或貼切的名字。

……………………

一秒鐘過去，第二秒鐘過去，第三秒。
但唯獨對我們，它們才是三秒鐘。
時光飛逝如傳遞緊急訊息的信差。
然而那只不過是我們的明喻。

人物是捏造的，急促是虛擬的，
訊息與人無涉。

原來都只是捏造和虛構。總算過去了，就好像偶爾想起一個人（如一粒沙），然後又忘了，忘了一段日子又忽然想起來，漸漸消淡，訊息與人無涉，漸漸不那麼上心了。前夜的事忘了一大把（如一粒沙、兩粒沙……一把沙），卻想起了一小粒，日久而逐漸混淆，逐漸纏繞不清，逐漸分辨不出何者是真、何者是幻……如是者有若衣服穿穿脫脫，夢中如一夜，世上已三年了。

這個夏天又過得七七八八了，有時一口氣睡了十多個小時，醒來竟覺滿腦子空白，十分充盈的空白，精神十分飽滿，像充了氣的球，裏面充盈着最飽滿的空無……

往事如沙，衣物如沙。沒有人，也沒有事；沒有時間，也沒有掛牽……

那樣子的寧靜，實在有些可怕，像亞歷山大・托魯奇（Alexander Trocchi）的《少年亞當》（*Young Adam*）那樣可怕：河水蒼茫，一個男子在兩個女體之間靜默哀悼。

兩個女體，一個在燃燒日漸老去的原慾，一個沉沒而在記憶裏永葆猶帶彈性的軀體，河水蒼茫，一個男子在靜默哀悼像河水那樣逝去的殘酷青春。

寧靜過後，漸漸感到一團壓迫，迫着自己決定一些甚麼，比如說，決定下一刻的生存環境，決定有生之年何去何從……

河水蒼茫，即使沒有名字，他照樣過得很好。

「我們稱它為一粒沙，／但它既不自稱為粒，也不自稱為沙」——墮落原來也有一種荒唐的美感。只是有點厭倦了，總是如此這般就想起你。

二

這個夏天又過得七七八八了，一口氣睡了十多個小時，惺忪醒來，想起昨晚讀了一點尼采（Friedrich Wilhelm Nietzsche）。

是這樣的，他在《超越善惡》（*Beyond Good and Evil*）提出了一個這樣的思辯過程：

——我的記憶說：「我已經做了那件事情。」

（甚麼事情？多半是不體面的、不道德的、精神上不可寬恕的事情）。

——而我的自尊心會提出反駁：「不、不可能，我不可能做出那件事情。」

（甚麼事情？多半是渴望忘卻卻一直忘不了的事情）

——可是，事實總是冷酷無情的。最後，我的記憶屈服了。

你知道嗎？這樣的一個思辯過程，僅僅說明了一個事實：記憶再執拗，也拗不過少年阿當的孤獨，和孤獨的自尊心。

河水蒼茫，此刻你是一個沉沒而在記憶裏永保軀體彈性的女子，你知道嗎？她名叫Cathie Dimly。

Dimly原來就是依稀、朦朧的意思。

往事如沙。記憶如沙。

總有一個溯源的歷程，它不是與生俱來的，而自尊心往往令一個謙卑的人變得傲慢，甚至令一個人的記憶失控，乃至失效，那是在依稀、朦朧的記憶，它在自我否定。

往事如沙。記憶屈服了，並不等於記憶是錯誤的（也不等於記憶是正確的）。

你知道嗎？我的Dimly，記憶如沙，它原來只是屈服於自尊心，至於自尊心的判斷是對是錯，則是另一個問題了。

一個人如此，一個民族亦如此。往事如沙。記憶如沙。

當集體的自尊心膨脹起來，集體的記憶亦隨之而失控、失效，甚至變成了失憶，於是，集體的記憶也屈服了。往事如沙。記憶如沙。

如此這般，超越了對錯、是非、真偽，也超越了善惡。

你知道嗎？我的Dimly，這樣的事情屢見不鮮，因為記憶比沙更沒所謂，但自尊心比沙更頑固，比記憶更不理性。

記憶告訴一個人：一切都是身外物，都不是與生俱來的。

記憶告訴一個人：你如何能擁有天下之沙。

你知道嗎？我的Dimly，往事如沙，自尊心卻不是那麼想，它會不斷告訴一個人，很多東西是不能失去的，包括愛或不愛，以及所剩無多的餘生。

電影的旁白，餐巾上的詩

一

昨夜夢見自己在夜機上看了一齣不知名的電影，喝了三、四杯啤酒、白酒和伏特加，手心冒了汗，夜空有看不見的氣流，疲累得近乎虛脫，在白色的餐巾上，用吃剩的茄汁寫了一首後來不知道放在那裏的詩。

彷彿聽見門鈴聲，可全身動彈不得，好像給綁在一團虛浮的混沌裏，想抽煙，可是禁煙的燈號一直亮着，費盡全身氣力回應了一聲：沒有人。叮噹、叮噹、叮噹，門鈴仍在響。

夢中由一個長夜飛去到另一個，是的，夜機背日而馳，飛向長夜無盡處的漩渦，從一種極暗只進入另一種（from one darkness into the next）——就像電影的女主角那樣，不理會背後的叫喚，頭也不回，奔向深深深的夜之叢林，並且不停地對黑夜說：

Nobody、Nobody、Nobody……

她走進黑漆漆的古堡，抓住樓梯的扶手，走上去，要走向哪裏去呢？旁白說：它動也不動／因為它冷／冷了很久／就是這樣／而翌日／她在樓下／樓下很暖／在一個小小的黑盒……

逆時間飛行，是要回到昨天嗎？夜空有看不見的氣流，叮，紅燈亮了，寫着：請扣好安全帶。

夢中掉進逆時間的漩渦。宇宙在顛簸。手心在冒汗。你明白嗎？

記不起電影的名字了，一些細節也忘了，只記得有一個女子在漆黑的古堡裏，摸黑攀上一條迴旋的樓梯，不知上了多少層。

記不起用茄汁寫在白餐巾的那首詩遺失在甚麼地方（比如說，是不是在逆時間的漩渦裏……），也記不清那是電影的旁白還是餐巾上的詩句了；隱約中有人說：

Nobody、Nobody、Nobody……

近乎虛脫。句子一閃而過，便消失了。極可能是占・夏里森（Jim Harrison），他說：

夜機劃破噩夢
像切開一個橡膠球

二

昨夜夢見夜機上有你。

原來是很多年後了，你原來並不是十七歲了，我也並不是十二歲；你原來並不是那個慈藹而多愁善感的女子，我也不是那個在歸家路上迷途的男孩。

都記得不大清楚了。當兩個人在逆時間的漩渦裏對望，以為在你老去的臉孔上閱讀的是一首餐巾上的詩，原來那只是電影鏡頭：在漆黑的古堡裏，摸黑攀上一條迴旋樓梯，不知上了多少層。

一起吃一頓晚飯是好的，只是再沒有辦法在時間的漩渦裏回到你所說的「歲月遺址」了。

聽見門鈴聲，可是身體此刻被一團虛浮不定的混沌綁架了，宇宙在沉降了，漸漸就不欲掙扎了。

稍稍定神，才依稀記得，很多年前給你抄錄的句子，出自約翰・貝里曼（John Berryman）的《夢歌》（*Dream Songs*）：

> 這些靈魂中有一個並沒有死亡
> 卻拒絕回家……

你問：到底發生了甚麼事？

很多年來，發生過的事太多了，一言難盡。

此刻都在逆時間的漩渦裏嗎？戲中人老在說：不，不要緊，不，不要緊，老在說：一雙腳掌一直深深思念／思念你長滿蒺藜的曠原。

你明白嗎？那是一個還沒有死透卻不願回家的靈魂在不停地喃喃自語，誰都聽不懂他的心事。

你明白嗎？這樣的一個靈魂竟然還有夢想，還有所堅持，還會說「不」，比如說：拒絕歸隊，拒絕回家。

夢中掉進逆時間的漩渦。宇宙在顛簸。手心在冒汗。你明白嗎？

依稀記得，那是一九六八年還是一九六九年？是四月還是五月呢？在登打士街還是告士打道呢？是聖母書院還是瑪利諾呢？

但都不見得重要，宇宙在顛簸，兩個在夜機上行將消失的人，無論如何都不可能回到淳樸而年輕的世界了。

一起吃一頓飯，然後各自上路，各自在歸途上想：怎麼會跟一個陌生人胡扯了一個下午？

宇宙在沉降，就像麥克尤恩（Ian McEwan）的一個荒涼而溫暖的故事，叫做《夏日裏的最後一天》（*Last Day of Summer*），船在最靜好的一刻翻了，像母親那樣慈藹、那樣愛笑的肥女子，像女兒那樣傻氣的小女孩，都沉沒了。

你明白嗎？那就只能獨自回家：「在黑色的水中慢慢朝碼頭游去」。

雙城的連體隱喻

一

你的來信問：香港有甚麼地方是值得記憶的？

我便想起，在也斯的小說《後殖民食物與愛情》裏，有一家髮廊／酒吧，星期一至星期五是髮廊，星期六變身酒吧，一批飲食男女愛在那兒開派對。

有人帶來不同的食物：中東蘸醬、西班牙頭盆、意大利麵條、葡式鴨飯、日本壽司；有人帶來法國甜品，還帶來在西班牙旅行時認識的幾位法國朋友，專門負責特別夠勁的音樂。

他們在不能舉炊的酒吧裏弄出了熱辣辣的夫妻肺片、甚至誇張地用油鍋燒出了糯米釀豬腸，髮廊的洗頭盆正好用來洗菜，風筒便用來烤魚乾。

這家髮廊／酒吧不是虛構的，它在中環石板街附近，我很多年前跟也斯去過一次，很有趣，可偏偏遇上了沒趣的人。

告訴你吧，還有好一些「一店二用」的記憶，很多年前在元朗（還是上水）一家紮作店看畫展，銅鑼灣一個住宅單位白天是音樂教室周末晚上曾做私房菜，觀塘曾有一間跌打醫館晚上變身曲藝社，佐敦有一家消失了的樓上照相館晚上變身甜品咖啡館……

我便想，這些「一店二用」都有這樣那樣的故事，也許不一定是香港特色，而是壅塞城市裏的另一種殖民或後殖民，或因經濟、或因宗教及其他精神信仰，或因愛與夢想而遷徙流變，這店那店的「原住民」與此用彼用的「外來者」如此這般交遇，一如聚了又散的愛情，和食物。

二

有一年冬天，我們在波士頓散步，沿理查河走到卡普利廣場（Copley Square），這是畫家卡普利（John Singleton Copley）的出生地，這個裝置了龜兔賽跑銅雕的小廣場便以他的名字命名。

我們看見三一教堂（Trinity Church）倒影在由貝聿銘設計的漢考克大樓（John Hancock Tower）的玻璃幕牆上，恍如來自兩個世界的陌生人在寂寞的街心擁抱親吻。然後走到紐貝利街（Newbury Street），累了，冷了，便走進三叉戟書店咖啡館（Trident Booksellers & Café），在瀰漫着書香、咖啡香和煙草味的暖調裏消磨了一個寒冷的黃昏。

兩個人，來自兩個世界，都喜歡紐貝利街的老房子，都喜歡它新舊交遇而不失親和的景象，好比一位上了年紀但風韻猶存的貴婦人遇上一位老詩人或老畫家，這場邂逅不但耐看，還不太容易看穿它的底蘊。

也很喜歡這家老書店：正中央是一個橢圓形的老吧枱，貼牆的古老書櫃很高，有時尋書要攀梯子，愛書人一邊翻書一邊喝咖啡，抽煙斗，說來也真是美好的「一店二用」呢。

書翻夠了，咖啡喝夠了，便伸一個懶腰，走一段路，在身上的書香、咖啡香和煙草味還沒有完全消散之前，走到燈影迷麗的燈塔山（Beacon Hill）。

沿着山邊小街尋找一家現代畫廊／意大利餐館，坐下來點了菜，便看一會兒畫，讓食物和藝術變成一個連體隱喻……

此刻我在香港想念你，那麼，在波士頓的你呢？

觸及那不可觸及的

一

本來還有一大堆稿件要趕死線，還有好一些生活瑣事比如交電費回覆電郵訂機票推掉一些約會寄行李填表格……等等，都不能再拖了，可是偏偏想起一個人，想起一封信，想起一段活地阿倫（Woody Allen）的電影對白：「我們應該停止毀滅生命……我們被人群和交通和餐館包圍着。」

那不過是說：不要把自己囚禁於想這想那的空幻世界裏。

活地阿倫的電影對白會這樣說：You are in the middle of New York City, how can you just one day……Vanish?

如果活地阿倫生活在這個惶惑不安的城市，他的電影對白會不會說，You are in the middle of Hong Kong呢？

他大概不會。不是說我們這個城市再沒有甚麼值得珍惜，只是說，這城市同時也有許多令人失望乃至沮喪的甚麼。這才叫愛恨交纏呢。

有時想一點若干年沒見的友人，有時想一點這個愛恨交纏的城市，有時想一點繁忙事務裏的小煩惱以及倒數完畢的新生活，日子便一天一天地溜走了。

有時又想，這是不是遺忘的原因呢？於是便想起亞里斯多德（Aristotle）的《論靈魂》（*De Anima*，英譯 *On the Soul*），想起這樣的疑難：「觸感」（touch）既然是動物感官最原始的形式，那麼，「觸感」是一種感覺還是多種感覺？「觸感」為甚麼沒有專一的對象和客體？

要是用德里達（Derrida）的話來回應，「觸感」僅僅只是一種生命的潛能，而不是現實的，要是不與他者接觸，它甚麼都不是。

「觸感」永遠跟「他者」互相糾結交纏，絕對的「他異性」（alterity）由是被啟動了——總是渴望「觸及」，那就意味着必須「觸及」那「不可觸及的」，也就是說，

「觸及」恰恰建基於「不可觸及」。

這是觸感的「困絕之境」（aporia），是不可觸及的觸及，或者說，那是「沒有觸及的觸及」。

二

有一回與梁文道對談「愛情書寫」，不知是誰擬定了這樣的講題：「當愛情衰亡，書寫才剛開始」，一看到這十一個字就不禁心神微顫。

便想：那一定是「觸感」，總是渴望「觸及」，那就意味着必須觸及那不可觸及的，如一杯凝結得太稠的蛋酒，都仰首，都渴求一飲而盡，可是舌頭老觸不到那凝止了的欲望，you are in the middle of longing。

想一點這些想一點那些，而生涯是如此匆促，此一時疏遠了大事件的某些細節，彼一時淡化了歷史最刻深的教訓其中一些微末的段落，日久於是漸漸遺忘而不自知了。

總是渴望「觸及」，意味着必須觸及不可觸及的，每天被人群和交通餐館包圍着而不感到疲倦的日子，是有點遙遠了。

這個城市依然有許多故事，有些可歌可泣，悲壯感人；有些千篇一律，倒還平淡而雋永；有些近乎瘋狂，荒誕得近乎虛構，只是這城市的故事有些向內陸伸展又滲雜了內陸伸延出來的故事，有些向海外鋪排又融和了海外鋪排過來的故事。

也許，活地阿倫的對白在這個時刻這個處境裏可以改為You are in the middle of history.

歷史發展到這個處境，在急湍洶湧之餘，也不免是沉悶的，就像高潮連場的電視連續劇一樣沉悶。

於是，在大流感與愛情書寫（的想像）之間，我們也不免偶爾想一點永不相見的人，想一點這個城市的愛恨交纏，想一點沒有觸及的觸及。

愛情書寫是甚麼？唔，可能就是將自己安置一個密封的玻璃廊柱裏，它閃光，它貌似透明，但它的私密不可觸及，那是因為，僅僅因為，它永遠是一種「他異」的誘惑，無始，無終。

蘇州河邊的「明室」

一

要是你身在上海，逛世博、逛行人街逛得累了，悶了，就去M50逛一個下午，做一個下午的夢吧。

M50是莫干山路50號的簡稱，座落於蘇州河畔，二十多年前的一個晚上路過，記憶中只有一片亂和髒交織着的靜，還有一首經典老歌，叫〈蘇州河邊〉，由「音樂才子」姚敏（一九一七～一九六七）作曲作詞：

夜，留下一片寂寞
河邊不見人影一個
我挽着你　你挽着我
暗的街上來往走着……

我們走着迷失了方向
盡在暗的河邊彷徨
不知是世界離棄我們
還是我們把他遺忘……

那就去M50逛一個下午吧，〈蘇州河邊〉無疑是最有感覺的序曲了。

二

莫干山路50號是一個藝術倉庫，稍稍遠離了繁囂的大上海，也不過是十多二十分鐘的車程，就像從尖沙咀或旺角乘車到荔枝角，或葵涌。

從前是麵粉廠，其後變成紡織廠，總面積有四萬餘平方公尺，廠房在新紀元來臨之前都停產了，大約在十一年前，發展出一個出租的藝術園區，有來自世界各地、五湖四海的藝術家工作室（兼展覽室），也有畫廊、平面設計師和建築師事務所、視藝製作和環境藝術的「夢工場」……

M50漸漸由藝術倉庫變身為「創意園」。走進去，漫無目的，不急不忙，安安靜靜地逛一個下午，你會發覺，那些一格一格的小天地，活像中藥店一大幅高牆上的小抽屜，有很多新鮮而美好的意念，等待你去發現。

走進一條又一條略暗的廊道，你會發覺，活像從前的徙置區，暗廊兩旁都是門口，都有光，都有教你眼前一亮的光，和光的刺點（punctum），對了，那約略就是羅蘭巴特（Roland Barthes）所說的「明室」——可以想像的，不可以想像的，意料中的，意料之外的，略覺媚俗而「養眼」的，稍稍前衛而散發土氣的，都在抽屜似的「明室」裏。

一條又一條的暗廊像迷宮，在兩旁的「明室」裏漫遊，進進出出了不一會兒，一個陽光明麗或細雨霏霏的下午，便漸漸昏暗下來了。好在還有書店和咖啡室，坐下來，歇歇腳，翻翻書（比如說：*John Berger* 的 *The Storyteller*，或蔣彝的《牛津畫記》……），抽根煙，喝喝咖啡或茶，就可以為這個下午畫上一個近乎完美的句號了。

但你必須知道，這世界並沒有免費午餐，地方既然是好的，策展人、經理人、收藏家、生意人……都來了，據說這些「明室」的租金大幅上漲了，不那麼出名的藝術家都要搬走了，也不知道下回再來的時候，還剩下些甚麼東西了。

三

本來是廠房，樓面都很高，大約有二、三十呎高吧，改裝成一間一間暗廊的迷宮裏的「明室」，都變成了高大而寬敞、開放而通透的 loft，這樣的空間太好了，對習慣了擠迫生活的城市人來說，有時比五花八門的藝術展品還要好看。

這些「明室」本身就是生活藝術，都裝置得很有層次感——對了，你一間接一間的隨意瀏覽，便會漸漸發覺，它們都很賞心悅目，因為有足夠的空間讓藝術家發揮想像力，有些是上下兩層的複式結構，都有類似劇場或舞臺的空間設計，都有樓梯和凌空走道貫通穿插，還有庭院或小天井，彷彿就是室內的園林藝術。

對了，你在這偌大的迷宮裏走了一個下午，你便會漸漸發覺，那是另一種空間概念，這些「明室」太漂亮了，比之在電視廣告看到的豪門示範單位，肯定要漂亮得多，也舒放得多，最重要的一點，是有人味得多。

一年或一個月裏要是有那麼一天，或兩天，暫且忘掉生活的匆忙和繁喧，乘一程不到半小時的車，來到這樣的一個新鮮的空間，走走，看看，那才明白，如此這般才叫做「便勝卻人間無數」。

四

回程時最好走一段路，拐個彎就是蘇州河了，耳畔便隱約響起〈蘇州河邊〉了，這首老歌周璇、姚莉和蔡琴唱過，青山和費玉清也唱過：

夜，留下一片寂寞
河邊不見人影一個
我挽着你　你挽着我
暗的街上來往走着……

我們走着迷失了方向
盡在暗的河邊彷徨
不知是世界離棄我們
還是我們把他遺忘……

一封信和一張照片

有那麼一天，在文件、電訊、稿紙、剪報、書堆和影印的活頁裏，露出一些線索，比如說：一封信，一張照片，諸如此類，像生鏽的鐵絲網或腐爛的木柵，攀生着藤蔓植物，下了一場雨，鐵絲更深褐了，植物更潤綠了，才感覺到生命悄悄地衰竭，又在不經意間透露着生機。

有那麼的一封信是好的。讀之，就像打開畫冊，看到荷蘭畫家維梅爾（Jan Vermeer）的〈讀信的藍衣女人〉（*Woman in Blue Reading a Letter*），讀了，略覺唏嘘。

可以想像，一封信，堆壓在古舊發霉的紙堆裏，也和紙張一起零亂、摺疊、塵封、蛀蝕，或者有着潮濕的氣味，或者在發黃的邊沿有不規則的齒痕。

邊讀信，邊讀一些好像熟悉又好像陌生的事件，發生在某年某月某一天，反正是很久遠的事了，某些記憶接通了，說過懷念的話語，發信的人如今還安好嗎？

讀一封陳年的信，就像讀辛波絲卡（Wislawa Szymborska）的〈初戀〉（*First Love*）：

我們之間曾經有過甚麼沒有了甚麼，
有些甚麼持續然後消逝。

無意間碰到愚蠢的紀念品
和繩子——甚至不是緞帶——
紮捆的信時
我的手從不顫抖。

多年以來我們唯一的一次相遇：
冰冷的桌子兩旁，
兩張椅子彼此交談。

讀信的人已經很老很老了，像不知年月的故紙那樣蒼老了，還要不要回信呢？收信的那一年那一月那一天，是不是已經回過信呢？

不知道，都記不起來了。可能只是兩張椅子在交談。

然後可以想像故紙裏堆還有一張發黃的照片，黑的變成棕黃，白的也灰起來了，照片裏的人臉也褪色了，再也不能保有黑白分明的那種鮮活感覺了。

某些歲月，像故紙那樣半死不活，資訊或許過時了，文件已失去應有的效用了，剪報和影印活頁不再起些微的感覺和思考作用了。

照片裏或者只有一個人，或者有一群甚至記不起名字的合影者，記憶總有太多不能肯定的質素，像看見一個熟悉的身影，卻張口張了半天，也叫不出湧到唇邊又散失了的名字。

看這樣的照片，就像讀辛波絲卡的〈底片〉（*Negative*）：

光線投影在你黝黑的臉上。
你剛坐在桌旁，
變成灰色的雙手擱在桌上。

你看起來就像一個
試圖召喚生者的幽靈。

（既然我尚在他們之間，
我應該在他面前顯現，拍拍他：
晚安，也就是，早安，
再會，也就是，幸會。
而且盡量提問，針對他對生命

這個平靜前的風暴的任何解答。）

下了一場雨，藤蔓植物就攀滿了鏽蝕的鐵絲網或者腐爛的木柵，那一片暗白的綠意，也許早就存在了，在鐵絲網還沒有生鏽、木質還可以從紋理看出堅實感覺之前，也許就已經有一些綠得不大顯眼的葉子了。

記憶因感情、影像因疲勞、歲月因積壓，總有暗沉的一個側面，況且看藤蔓植物生長着的人已經很老很老了，每天被堆壓的故紙包圍，看見一封信、一張照片，就像眼前繁衍着綠意，自己卻是鏽蝕了的鐵絲網，是腐朽了的木柵。

有那麼一天，鏟泥車來了，鐵絲網和木柵給推碰了一下，就塌下來了，鏟泥車輾過，攀藤蔓植物也給輾平了。

晚安，也就是，早安。再會，也就是，幸會。

這大概就是「平靜前的風暴的任何解答」。

綠魘

東大街很短，不消十分鐘便從街頭走到街尾了——從明華大廈山腳的城隍廟，走到西元里的天后廟，再經過十來二十間店舖，過了馬路就是譚公廟。從前要是沿海濱往東邊走，便走到東方泳棚和南華泳棚。那時的海水像天空那樣藍。

這樣的一段路，童年時不知走過多少遍，可一直記不起，在這小小的大街上，從前有過甚麼店舖，住過甚麼人，流傳過甚麼故事，只記得梁大貴在這裏土生土長，後來出外謀生，再後來，耳略猶聞這樣的漁歌：

日出東山，
雲開霧又散，

但你唱歌人仔，
幾時還……

那時東大街一帶還是一個瀰漫着海水味和霧水味的漁港。東大街原來很長很長，像叮叮東來，拐了個彎，便叮叮西去的電車軌那樣長，也像好幾代人的記憶那樣長。

梁大貴惘惘然迷失於相隔了十五年的霧中歲月。

事隔半個世紀，梁大貴的故事忽爾接駁了一名過路人隱隱約約的記憶——世界早就變了，到東大街的人都乘地鐵，像梁大貴那樣乘電車的日漸稀少了。

那時的海水，就像猶未紋身的電車那樣綠。就像沈從文的〈綠魘〉：

一切生命無不出自綠色，無不取給於綠色，最終亦無不被綠色所困惑。頭上一片光明的蔚藍，若無助於解脫時，試從黑處去搜尋，或者還會有些不同的景象……

水上人都上岸了，再沒有〈鯉魚門的霧〉所說的街渡了，再沒有梁大貴了，也再沒有像舒巷城那樣既現代又鄉土的小說家了……

這一代人活在一個日漸失憶的城市，再沒有漁歌了，只有手機的鈴聲，把迷途的過路人喚回熙熙攘攘的人世，好讓他接聽時，在蒙混、紛亂和煩惱中醒轉過來，一步一步的向前走——

走到記憶與遺忘之間的歲月迷宮的盡頭，便看見了。

海水有說不出的憂鬱，暗自傾訴着一片茫茫的綠魘……猶如沈從文從黑處去搜集的綠：

一點淡綠色的磷光，照及範圍極小的區域，一點單純的人性，在得失哀樂間形成奇異的式樣……

大街上的過客

一

Y的來信說她搬了家。忙着上課，然後趕回去跟裝修工人講數，跟屋主周旋，還要自己動手油漆、換電燈、要解決書桌、書架的問題……還有地板、天花板，她說：「整間爛屋要做到可以住下來，怕要用上一個月嘅心力，亦覺得很戇居，不打算亦沒有錢在此長住……」

那實在是一種流放的抑鬱病了。Y的來信有一段是非常精彩的，抄下來給她的朋友看看好了（至於不認識她的人也不妨看看，就當作一段小文章）：

有些東西實在無法在電話中三言兩語講明白，來了以後發覺得電話真是一樣非常奇妙的東西，它好像接上又不一定接上，我好像跟對方很近又好像不一定近，怎麼說呢？曾經一段時間（兩個月多一點）完全跟外界失去一切聯絡，沒有電視、音響、VCR、朋友，僅有的只是一部可以打長途電話的電話，及一架收音機。香港的人、刊物，一點消息都沒有，寄出去的明信片、信、稿可以完全沒有下落，因為跟整個世界極其生疏。連文字都變得很隔膜，很具體地感着孤絕，姐姐有時從San Jose來電話，亦不像真的，掩映如夢。但又因為來了紐約，看了很多東西，有不少叫人興奮的，這些都沒法傳遞到我熟悉的、可以溝通的時空那裏去，文字這媒介對我變得很失重，它好像甚麼都做不成，這樣隔，卻又是我唯一的憑藉。

希望讓認識和不認識Y的人，一起分享那份智性的孤絕和失重，所以也顧不得道德不道德，就抄了下來再作打算了。

那感覺於我並不陌生，而且不久我又要離去了；離去了，再回來；有些戀戀不捨，又有些心灰意冷，掩映如夢。工作再忙碌也有靜下來的時候，讀到Y的來信禁不住有微微的感傷了。

二

終於給Y寫了一封信，說：有些事情，今日是不會再做的了，正如有一些東西，今日是再寫不出來的了。

想了一會，又覺得可能有些語病（語病：語言和疾病，糾纏得沒完沒了），於是又把信拆開，補上幾行：並不是覺得從前有甚麼不對，只是覺得，活到這個階段，想法有些微變化，不以昨日的標準來衡量，也不是從今以後的唯一標準。

只是想告訴Y：此時此刻，正好到了修正階段，未必那麼義無反顧，只覺得如此這般放棄了一些甚麼又成全了另一些甚麼，可能會活得舒泰些。

箭已離弦，其他的都是不可知了。當然，一切紛擾可能不過是腦子裏的風波，與旁人無涉，這是所謂責任的最後一條界線了。不多，也不少。

這些日子，至少學會了說「不」。然後明白了，總不能叫全世界的人都喜歡自己，那就不必再把自己搓圓壓扁，左摺右疊了。

從前也說「不」那時的想法是：有所為，有所不為。

如今說「不」，是因為疲倦，不想勉強為之，不想活得太累，不想與難以溝通的世界再苦苦相纏下去……

生也有涯，活了一半，才明白生涯原來九曲十三彎。近些日子，老想着終有一天「回頭覺悟」，昔日所珍愛的，畢竟只是一時的選擇，一生一世，想是想得太輕易了。真的，有些事情，今日是不會再做的了。有時想做這些，有時想做那些，不同時節有不同的習俗，不同階段有不同想法，總不能說如何是最好，只能選擇（如果有的話）不那麼惡劣的生態條件，如此而已。

大街上都是不相識的人，誰都看不透誰的心思，誰都記不住誰的面容。都是街上的過客罷了。

我思想，故我是蝴蝶……

「我思想，故我是蝴蝶……」這是戴望舒說的，有時想：單單是這一句已經很好了，如果不說下去，可能是另一境界了。

總是這樣的，有時說多了，有時說得太少，有時了無餘味，有時意猶未盡……等等，或許未必有標準和尺度，此一時有此想法，彼一時有彼念頭，彷彿萬般皆不是，心裏常常都覺得可惜、可惜。

可惜、可惜，未必就是貶抑，心中暗喜，才生起「惜」之愈切的想法。

思想與化蝶之間的因果關係，實在是非常迷麗的設計，非常圓通的鋪排。

後來就對滿面愁容、眉頭深鎖的沉思者存有抗拒之心。性格如此，說不出所以然來。

從前喜歡過Lobo的一首歌，歌說：Where do butterflies go when it rains?是的，下雨天，蝴蝶哪裏去了？

有一種對蝴蝶的情意結，所以寫過好一些故事，都以蝴蝶為題。有時很煞風景地想：如果沒有了彩翅，蝴蝶可不就是一條醜陋的昆蟲麼？

此所以下雨的時候蝴蝶都躲起來了，生怕雨水洗掉翅上的鉛華呢。

夢中之蝶，可並不是蝶本身，正如論辯戲水之魚，也不一定在意於魚的本身。裏面其實有一種古老的哲學觀念。

我思故我在。我夢故我在。我購物故我在，我是蝴蝶故我在……可以無窮盡地延衍下去，來來去去，都只是一個「在」字。

好像都比上「我思想，故我是蝴蝶……」那麼迷麗、那麼荒涼、那麼言有盡而意不窮。

蝴蝶先生，你好嗎？蝴蝶小姐，你好嗎？

後來才知道，《蝴蝶春夢》（*The Collector*）的那個搜蝶漢子，原來有一種不為世人所了解的溫柔。此後便記住一個名字：泰倫斯・史丹（Terence Stamp）。

我只不過是為了儲存足夠的愛

一

剛收到艾柯（U. Eco）的《誤讀》（*Misreadings*）。瀏覽一遍，感覺極好。由*Misreadings*到*Over Interpretation*，差不多三十年了，那樣的一種對世界（特別是人文世界）的理解，可以說是連綿無盡的。

那怕窮一生之力，也未必可以找到一個比較完整的答案——那是因為，私下以為這世界其實也是不完整的。

由「誤讀」到「過度詮釋」，是差不到三十年智力探索的總和了。當中或有一些方法，一些容或不無「誤讀」、「過分詮釋」的方法，可以幫助我們在今時今日去理解流星雨和侏羅紀。

如此這般，在真實的世界裏，遊於一個「超真實」的世界。

華麗而悲壯的流星雨遠去了，卻留存在觀星者一生的記憶裏。

倖存者乘直升機離開了侏羅紀公園，那裏的恐龍還可以生存下去嗎？

有不自覺的「誤讀」，也有自覺而且是故意的「誤讀」——我們必須承認，我們的智力畢竟是有限的，而世界太龐大了，歷史也太久遠了，宇宙的奧秘也太不可思議了。

生命其實也許有一百萬種的存在形式——思，故在；夢，故在；死得還不夠徹底，故在；記憶，故在；書寫，故在；無聊，故在；閱讀，故在；誤讀，故在……

也許像考古學家、恐龍專家那樣，在劫難中發現了另一種愛——由只愛埋藏在地下的恐龍骸骨，到兼愛劫後餘生的孩子。

一生之中，總有好幾場華麗而悲壯的流星雨，由一九六六年十一月到一九九三年八月，也差不多三十年了。

劫後餘生，發現了另一種愛。

二

死而再生，原來並不是神話。生物工程學家告訴世人：那絕對是可能的。那是DNA，那是凝結在化石、琥珀內的一隻蚊子。那是蚊子體內一滴死不透的血。那是一個關於生命的秘密。那是一種超越了時間、歷史、生死的謎底。

於是，乃有史提芬史匹堡（Steven Spielberg）版本的《侏羅紀公園》，乃有一個以科技文明重建的蠻荒世界，乃有現代人與史前恐龍的奇遇。

用紀弦的思維邏輯來演繹，那是一種「存在主義」。有詩為證：

當我為了明天的麵包以及
　昨天的債務而又在辛勞地
　　辛勞地工作時

平貼在我的窗的毛玻璃的
那邊，用牠的半透明的
胴體，神奇的但醜陋的
尾巴，給人以不快之感的
頭部，和有着幼稚園小朋友人物畫風格的
四肢平貼着
　　圖案似的
　　標本似的
　　　一蜥蜴

……………………

這小小的守宮（上帝造的）
這小小的壁虎（上帝造的）
這遠古大爬蟲的縮影、縮寫和同宗

屏息在我的窗的毛玻璃的
那邊，而時作覓食之拿手的
表演；於是許多的蚊蚋、蛾蝶和小青蟲
在牠的膨脹而呈微綠的肚子裏
消化着
又消化着
…………………

蜥蜴就是恐龍的縮影、縮寫和同宗，跟人類一起存在着。如此說來，《侏羅紀公園》原來一直就與人類世界同在。

但那只是「存在主義」版本，而不是科學加幻想的版本。

然則既是同宗，倒是一脈相承的。

時間、存在、生命，就那樣子的被凍結了起來，死不了，隨時準備復活。

模糊數學家、混沌理論學家、古生物學家、考古學家……面對這樣的一種生命秩序，提出了不同的見解，詩人紀弦卻從另一角度提出這樣的辯：「而牠（蜥蜴）也從不假裝不曉得」：

究竟在這芸芸眾生的大雜院裏
誰是最後熄燈就寢的一個

三

日子像一杯餿了的咖啡，再分不清是何年何月的咖啡樹遇上何時何地的甘蔗，還是抄一段夏宇的〈冬眠〉：

我只不過是為了儲存足夠的愛
足夠的溫柔和狡猾
以防　萬一

醒來就遇見你
我只不過是為了儲存足夠的驕傲
足夠的孤獨和冷漠
以防　萬一
醒來你已離去

這樣就足夠了，足夠寫一個四、五千字的愛情故事，有點張愛玲式的算盡心機，到頭來，始終沒有遇見，也沒有離去（因為根本就沒有來過）。

那麼像蛇像蟲那樣冬眠，顯然也不是個好辦法呢。可是也算一種姿態，好好的活給自己看。

即使猜不中，即使枉費心機，也算是自編自導自演，完成了一場由頭到尾只有一個人演出的戲。

那樣子的一場戲，正好就是一場夢：一個人睡着，睡上一整個寒冬，一覺醒來，戲就演完了。

那樣子的一個故事，大概也可以叫做《戲夢人生》；那是自己的戲、自己的夢，也是自己的人生。與旁人無涉（包括口口聲聲叫喚着的那個「你」，因為「你」始終沒有出過場）。

就像剪掉了指甲，其他惡習均在。用夏宇的口氣說：指甲之生長與剪去，像分別了六天的愛。也是一種自戀呢。一種由戀人開始，以自戀終結的孤獨之愛，一個單人的愛情故事。

或者說：是一種絕對柏拉圖式的愛，你知道那一層半懸浮的餿了的凝固液究竟泡着甚麼餿主意嗎？

據說，在柏拉圖時代，流行着單性戀呢。

只不過是一個人，跟自己的戲、自己的夢，談一會兒的單性戀愛——好好的活給自己看、好好的傷自己昨晚的心、好好的提防昨晚的自己無緣無故受到今天的傷害。

之後，睡得精神飽滿，對寒冷或者和暖的世界，說幾句不必深究的調皮話：原來那只是一則化妝品廣告。

續集

誰能知道
在夢裏
我的頭髮白過
我到達過五十歲
讀過整個世界……

我不能痛哭
只能盡快地走

就是這樣
穿過了十二歲
長滿荒草的廣場……

這裏面有一個並不陌生的故事，大約十二、三年前，有一個人在某一天想起了一些問題，寫了下來，算是對自己許下諾言，之後，還是讀不懂他自己的夢，迷失於他自己的世界。故事也就完了。之後呢？

一生有時是如此簡單的一回事，比如說，有一張「舒特拉名單」，至於名單上的名字，以及每一個名字所屬的每一個人，以及每一個人所有的每一個故事，都不過是枝枝節節，各自走過長滿荒草的廣場。

貝克特（Samuel Beckett）不是說過：是誰在說話有甚麼關係？

知道有一個概略就很不錯了，要是窮究「終極指涉」，怕要見到人間最醜陋猙獰的一個暗角了。

有一天說過喜歡，又有一天生起怨恨，等等，就像張愛玲後來寫了些文章，出版時稱之為《續集》。

是的，這一回完了，也許還有續集呢。花花世界，鴛鴦蝴蝶，有時累了，想到張恨水或者張愛玲，或曰啼笑，或曰半生，說的都是悠悠幾十年的緣——這一個故事完了，如果再寫，怕也是「續集」了。

讀得累了，揉揉眼簾，便忽爾覺得張愛玲的續集就像尚・布希亞（**Jean Baudrillard**）的《冷記憶》（*Cool Memories*）：當再沒有甚麼可以稍稍移動你的時候，你一定要尋找一個符號來做你激情的替身；當再沒有甚麼是生死攸關的時候，你一定要尋找一條規則來做你急切的替身。

對了，你一定要尋求一些甚麼，那是因為無論你話得多疲累，還得要尋找替身，為你的餘生編寫「續集」。

白令海峽

一

凌晨四時半，還在報館等你的電話。
也不知道你在西伯利亞，還是在阿拉斯加。
只是有點冷，像資料夾裏的白令海峽那樣嚴寒。
電話也許不會來了，只好繼續工作，給自己暖身。
是這樣的，資料說：一七二八年八月二十六日，原籍丹麥的俄羅斯探險家維他斯．白令（Vitus Bering）及其探險隊發現了位於亞洲與北美洲之間的海峽，此海峽因而命名為「白令海峽」（Bering Strait）。

是這樣的，以血肉之軀橫渡白令海峽，一直是游泳家的夢想。

資料說：直至一九八七年，終於有一名三十歲的美國女子做到了，她名叫考克斯（Lynne Cox），她毅然從美國小代奧米德島（Little Diomede）出發，在前蘇聯的大代奧米德島（Big Diomede）登陸，成為第一位徒手泅渡白令海峽的「現代人」。

資料說：其時美蘇冷戰尚未結束，橫渡美蘇邊境，更是奇蹟中的奇蹟。

是這樣的，這段水程不過四點三公里，但水溫在攝氏一至四度之間，泅渡冰水，對血肉之軀無疑是極大考驗。

凌晨五時，還在報館等你的電話。

也不知道你在西伯利亞，還是在阿拉斯加。

只是有點冷，像資料夾裏的白令海峽那樣嚴寒。

電話也許不會來了，只好繼續工作，給自己暖身。

資料說：號稱「第一位」而指定是「現代人」，是由於史家相信，大約在七萬年前的冰河時期，位於亞洲東北部與美洲西北部的白令海峽，海平面曾經大幅度下降，露出局剖海床，加上冰封，形成「白令陸橋」（Bering Strait Bridge），蒙古利亞人就是打從這條「陸橋」，向北美洲大規模遷徙。

如此說屬實，蒙古利亞人就是印第安人的祖先了。

二

這時便想起吳煦斌有一篇小說，叫做〈一個暈倒在水池旁邊的印第安人〉，在第一節「發現」中，對那個印第安人作出這樣的抽述：

他的頭髮很短，臉孔舒坦而柔和，輪廓有點像我國北方的男子，或許遠古的時候我們曾是親近的人，他的先祖從蒙古遷徒，穿過相連的冰峽經亞拉斯加來到北美，我們因此臉上有相近的輪廓。

凌晨五時半，還在報館等你的電話。

也不知道你在西伯利亞，還是在阿拉斯加。

只是有點冷，像資料夾裏的白令海峽那樣嚴寒。

電話也許不會來了，只好繼續工作，給自己暖身。

吳煦斌是一本生態學、人類學、社會生物學的活字典，她的小說有極強蠻的生命力。跟她聊天是好的，話不多，但很實在，她也許會告訴你一些人類遷徙的故事，可以想像，她傾向於相信印第安人起源的「遷來說」，亦即相信蒙古利亞人橫渡「白令利亞」，到達北美。

稿件就這樣收結吧：有人到撒哈拉沙漠流浪，有人到南極探險，有人從西藏走到喜瑪拉亞山麓的中印邊境、走到拉丁美洲最貧瘠最荒涼的角落，而考克斯女士選擇了白令海峽，除了對自己，不對誰證明甚麼。

那麼你呢？你在西伯利亞，還是在阿拉斯加？

你的電話何時才橫渡早已不存在的「陸橋」？

書中花月

一

想找幾本書，找遍凌亂的書架，抽屜和可能放書的每一個角落，都沒法找出來。一邊找就一邊想：會不會借了出去呢？

如果借了出去，借了給誰呢？又會不會好像一些書一樣，自動失蹤了一段日子，在放棄搜索的時候，又忽然出現呢？

愈急就愈找不着，也愈來愈茫無頭緒了。

關於幾本失了蹤的書，答案可能是：多半是自動失蹤了，早晚會自動現身。

也有可能是：借了出來。那是說，永別了。

反正是無法找出來，留下許多可以是這樣也可以是那樣的疑問和答案。

只記得那幾冊失了蹤的舊書的名字：《塘西花月痕》。

那是上世紀七十年代初在奶路臣街的一個舊書攤買下的，共五冊，也可能是六冊，薄薄的，卅二開本，紙張已發霉，像書中描述的那一個古舊而帶胭脂氣味的世界。

書買了下來，大概粗略的讀了一遍，也不過是一個末落了的年代，舊式才子徵歌逐色之餘，假借黏膩的文字追憶風流韻事，然而，也可以從中窺得昔日香港某一個階層的生活縮影。

後來就成為李碧華寫《胭脂扣》時最重要的參考資料。

朋友最近有心研究香港舊日社會風貌，四出搜羅打探可供參攷的的各種書籍，我說：我有幾冊《塘西花月痕》。他瞪着眼喊道：是真的嗎？

我在尋找，但書卻下落不明。

也沒有甚麼大不了，但答應了朋友，令他空歡喜，也就很過意不去。

只好繼續找，繼續找不着，繼續在許多可以是這樣也可以是那樣的疑問和答案之間，愈來愈茫然不知所措。

書大概是不可能找出來了，我告訴那位朋友。

然後，跟他一起跑到中環，在舊書攤的主人帶領下，在一個閣樓的舊書堆中翻了半天，弄得一身灰塵和汗水，正要失望而去的時候，舊書攤主人找出了一本，那是第三集，薄薄的一本，不到一百頁，索價三百元。

當年買下的五冊（也許是六冊），大概還不用十塊錢呢。

朋友還是照價購下，他購下的，僅是五分一或者六分一，只是償償心願，買回家的，可能只是發了霉的書中花月。

二

這是一個聽來的故事，據說絕無戲劇性的渲染誇張：一對老朋友都嗜書成癖，一起逛舊書店，也一起發現了一本絕版書，其中一位手快，捧着那本書不放，另一位則轉身拉着書店東主，私下開了一個頗為大手筆的價錢。

如此一來，一個是手上有書，另一個則是心裏有書，書可只有那麼一本，書店東主倒是個厚道的人，並沒有因而濫收價錢，反而提出一個解決辦法：兩人合資購書，輪流保有書本若干時日，抽籤決定擁有權的先後。

這個故事，表面上雅得很，一對老朋友是愛書人，還有一個厚道的書店東主，在兩難全之下，用比較公平的辦法把爭端化解了，然則愛書的人都沒有切身處地的為朋友着想，一心要把書據為自有，甚至有點不擇手段，雅得很的外皮抓破之後，內裏卻是一層醜陋的人性。

讀書人有時總會披着「雅」的外衣，做出很多主觀或客觀的「可原諒」的壞事。偷書者被稱為「雅賊」，借書不還又好像是天公地道的「雅」事，與書有關的一切卑劣行為，都因書而「雅」，而且「雅」得理直氣壯。這樣的一套推理，大概是不「雅」的人難以理解的。

張恨水筆下倒有另一個愛書人的故事：抗日期間，他客居重慶，在書攤上看到一本黃景仁的《兩當軒集》，卻因價昂而不得。

後來他決定忍痛購書，卻在書攤前見一中年人比他早到一步，把《兩當軒集》購下了。

兩個愛書的寒士竟然惺惺相惜，中年人提出把書轉贈給張恨水，自己則抄一份副本。

兩人素不相識，因書結緣，中年人相贈的除了一本書之外，還有一份曠達的讀書人情懷。

讀書人如果不因讀書而更有豁朗的懷抱，反而假書之名往臉上貼金，以「雅」自居而原諒卑劣的行為，實在有違讀書的本質了。

素昧平生的人以書慨贈，老朋友卻因書而幾乎反目成仇，都是因書而起，但實則與書無關。問題只在於：一個人和一個人的關係，是不是比一個人和一本書的關係更值得珍惜？

書太多了，太多了，擁有一本書，畢竟只是擁有書中的鏡花和水月。

天寒遠山淨

明淨清逸了沒幾天，海港便回復老樣子，籠罩着曖曖昧昧的一團霞霧。好像被一層壞死了的薄膜封住，如此這般的朦朧，很不爽，很悶。朦朧要像深山霧海那樣稀薄，要像竹林晨曦那樣清秀，才好，眼前這一團，太稠太厚了，也太肥太膩了，一看便滯。

早一陣子氣溫驟降，只有十一、二度，風也大，午後乘車經過東區走廊，望出車窗，驟覺心神忽爾清朗，天很高曠，海很明淨，整個海港彷彿剛剛洗了個澡，洗出了流麗的線條……

對岸的山好像遠了，輪廓可出奇地簡約，脊是脊，腰是腰，嶺是嶺，峰是峰，顏色和光影都鮮明得恰到好處。

海港便忽爾豁然遼闊起來了，天色很藍，是很高很深卻張眼可感、伸手可觸的那種藍；水色很綠，是很靜很遠卻可以用一個呼吸來量度的那種綠。

童年時家居筲箕灣山村，總愛憑欄遠眺，數街車，數船艇，放風箏，一個汽笛便響徹海港兩岸，末了對岸回聲隱隱可聞，耳之所濡，目之所染，盡是這樣的天明水淨，山長海遠，歲月因而簡靜雋永，每天彷彿都是悠然佳日，任誰都不禁此生永誌。

今日的房子都建築到從前的天涯海角了，猶如一幅接一幅的橫天巨壩，隔斷了山也隔斷了海，城市數十年如一日的與海港爭土奪地，困於巨壩之間的悶氣翳氣，彷彿礦井的沼瘴，哪裏還有消散的餘地？

一連兩天的寒流驟然來去，才還海港片刻清白，不到幾天便回復老樣子了，久而久之，便學會了在納悶裏等待。

到了又嫌短暫，一年好景才那麼三數天，相逢太暫倒也聊勝於無吧。這樣的好日子愈來愈少了，便學會格外珍惜；都記住了，這麼一片恰似王維詩中山水的好風景，喚作「天寒遠山淨」。

滿院魚貓靜

院子裏住了十來戶人家，平日都關起門來，不常見面。

老房子樓高六層，也沒電梯，這十多戶人家都住在底層，所以連剛巧一起等電梯點點頭說聲早然後便各自沉默的尷尬也省掉了。

偶爾在長長的斜路上打個照面，都覺得眼熟，便互相用細微得近乎不易察覺的眼神打個招呼，下斜路的彷彿停不下來，上斜路的倒上氣不接下氣，眼也來不及眨一下便擦身而過了，轉眼間再弄不清楚是不是院子裏的住客。

院子裏倒有人用大水缸養了些魚。

晨起無事便捧杯咖啡到大水缸旁坐下，跟疏疏落落的游魚一起發獃。悠悠晃動的雲影穿過天井掉在背光的大水缸裏，簡靜得好像幾十年從來無事發生。缸中暗綠的水紋偶爾掠過一抹似有若無的影子，迷離得教人一時走神，抬頭四顧，卻不見人，也弄不清楚是剛才有人悄然經過，還是三四十年來的舊日夢影徘徊不去。

院子裏倒有人種花種樹。

花很素，只有白的和淡紫的，也許只是在陽光裏才淡紫，陽光移離天井便白若無色了。

樹很矮，也許高過，擋住樓上的窗戶便給砍矮了。院子很靜，也不知道每戶姓甚名誰，也不知道住了多少人，就喜歡它靜得若無其事，猶如悄悄來去的三四十年。

院子裏倒有人養了一兩隻花貓，也分不清楚是一隻還是兩隻。

每回碰見其中一隻，牠總是瞇着綠色的眼睛伸懶腰，好像老睡不夠；另一隻倒時常疾走幾步，象徵式地追趕過路的麻雀，麻雀才飛離地面不到一呎，牠便停下來伸爪抹臉了。

這一隻或者兩隻花貓大概上了年紀，也不大叫，沒事便挨在花槽邊擦背曬太陽，你不管牠們，牠們也不管你。

可兩隻花貓從來不會同時現身，漸漸便覺得其實只有一隻，或者，一隻只是另一隻的貓魂。

婀娜夢與坎魄難

看了一部借來的意大利電影，《一段旅程，名叫愛》（*Un Viaggio Chiamato Amore*）：癲癇詩人Dino狂戀放蕩女作家Sibilla，她有數之不盡的情人，不捨晝夜的歡愛都與他無關，他只是給她寫了兩年情書，和情詩，打從一九一六年寫到一九一八年，都寄到翡冷翠。

戲看完了，餓了，便去尋找久違的Sibilla。也不難找，Sibilla躲在一隅，昏燈，暗影，塵封了，玻璃架上留下一些瓶子：向日葵油、橄欖油、香醋、青豆、黃瓜、香料……以及香氣和味道的記憶。

隔着鐵閘，和歲月的薄膜，看見一些不認識的意大利文，便想起Dino寫給Sibilla的一首詩：

這麼一剎那
薔薇凋謝了
花瓣零落了
可是沒法忘掉她像忘掉一朵花
一起呼喚她，好嗎
她是他們的也是我的薔薇花
鋪滿一段旅程，名叫愛
我們用鮮血和淚水給她灌溉
晨光裏熠耀剎那芳華
驕陽，荊棘，春盡紅顏老
她不再是我們的薔薇花

我的薔薇花
他的薔薇花

上一次尋找Sibilla，是多久的事？跟誰？都記不起來了，Sibilla猶在，可再沒有廚子、侍應、食客，再沒有美味情緣，只剩下玻璃架上塵封的獎座、瓶子和餐牌；便決定：從此不再去憑弔這所打了烊的博物館。

生活在翡冷翠的放蕩女作家Sibilla姓婀娜夢（Aleramo）。

自我放逐到鄰鎮山區的癲瘸詩人Dino姓坎傀難（Campana）。

坎是險卦，其形是水，偏偏遇上名曰婀娜的夢，曾經滄海，莫不是水，「兩坎相重，謂之重險」。既是有緣無分的坎傀難，唯有悄悄告別婀娜夢。

坎傀難一九三二年死於精神病院，終年四十七歲；婀娜夢一九六〇年死於家中，享年八十四歲。一家名叫Sibilla的意大利餐廳，生卒年月不詳，短命些也好，省得像婀娜夢漫漫餘生，有一天晝寢方醒，忽爾惦記詩中薔薇，可沒法記起坎傀難的模樣了。

送你一顆息肉

彷彿是一篇忘了名字的小說裏的獨白：「怎樣才算很愛很愛一個人，很愛很愛一塊土地，怎樣才是一場膜拜，怎樣才可與身旁的陌生人同愛同恨，怎樣才可成為一群人裏的其中一個。」

獨白以句號收結，沒有問號，大概也不大稀罕任何答案，可是讀小說的人多管閒事，在書頁的空白處寫下一小段回應：「不是秘密的秘密：是距離。一定是距離，不可能不是距離——用有形或無形的符號分隔出來的距離。」

那本小說後來遺失了，輾轉流落在一家舊書店。

有一天，有一隻手把它從書架抽出來，鏡頭首先略過小說的摺頁，印有作者年輕時的照片（唔，長得也挺標緻）。

然後是手的特寫：翻揭了一會，正想放下之際，鏡頭凝止在書頁上的留言；鏡頭緩緩移到翻書的人既驚異又疑惑的神情——哦，看清楚了，她就是這本小說的年華老去的作者。

是距離。不可能不是距離。

要是取消了距離，面對面看清楚，聽清楚，聞清楚，咀嚼甚或摸撫得自以為一清二楚：暗瘡、雀斑、疤痕、體溫、氣味、脾氣、習慣、品性、毛孔、傷口、慾望……毫無緣由便一廂情願去愛，一廂情願去恨。

想起一部忘了名字的電影的片段：男子和女子愛撫，女子撫摸着男子手背上一顆橙核似的息肉，起初覺得它很醜，漸漸撫摸慣了，也許覺得它美。

他們後來分手了。若干年後重逢了，再約會，男子把一個小絨匣交給女子，深呼吸，說：「但願你喜歡。」

女子微笑，她大概有所誤會了，也深呼吸，用甜蜜的手勢打開，便「嘩」的一聲，把匣子丟掉，大叫：「你是存心嚇唬我嗎？」

男子慌忙道歉：「對不起，我還以為你喜歡它……」

鏡頭推近他的手背，那顆息肉不在了，只留下一個小小的傷口。

那就是距離不是秘密的秘密：要是男子和女子此生不再遇上，那顆息肉永遠留在男子的手背上，也永遠留在女子的記憶裏，它大概是永遠美麗的。

淨重21克的魚

在北京機場候機，廣播說香港颱狂風暴雨，班機預計延誤兩小時，便到商務中心查電郵，讀到一封沒署名的郵件。寄件人說身在拉薩，可沒說有沒有高山反應，卻附錄了一首以簡體字複製的洛夫詩：

你的信像一尾魚游來
讀水的溫暖
讀你額上動人的鱗片
讀江河如讀一面鏡

讀鏡中你的笑
如讀泡沫

信像魚游來，讀信如讀泡沫，那是一封信的靈魂嗎？想起辛潘（Sean Penn）在《21克》（*21 Grams*）裏的獨白：

我們可以活多少次？死多少次？他們說，當我們死去的那一刻，身體會失去二十一克重量……二十一克的意義何在？有多少東西隨之而逝？又贏得了甚麼？二十一克。那是五個硬幣、一隻蜂鳥、一塊巧克力的重量。二十一克究竟有多重？

據說彌留之際，身體會緩緩地失去重量，漸漸變輕——輕了多少？二十一克，不多也不少。

這是靈魂的重量，那麼它會不會受天氣影響？比如說，在這個濕漉漉的夏天，黃雨、紅雨、黑雨下個不休，這二十一克，會不會像海綿般吸飽了水，沉重了十倍？會不會像一尾魚，從空氣稀薄的高原游到颳風沙的平原，變成泡沫？

沒事，也許只是延誤的班機終於起飛了，忽然遇上氣流，顛簸得心緒不寧，因而胡思亂想；也許只是四十八個小時沒睡，倦極而生幻覺。

也許甚麼也不是，只是像格拉斯（Gunter Grass）那樣，想像自己的靈魂潛入比目魚的海綿組織裏，倒退幾個世紀，和九個女廚娘「溫存」……

淨重二十一克的靈魂終於安全着陸了，一如白萩的〈有時〉所說的那樣子：

像你的愛甘願一層層死去
只為了長出新蕊
也像你的詩在歷史中時時腐爛
卻又拚命地在發芽

總是生死相纏，以為從此永訣，卻在某一時刻，某一角落，忽爾復活。

罐頭魚和另一個月亮

一

或者像罐頭裏的魚——夏宇詩說：魚躺在番茄醬裏；那麼，那是一個怎樣的故事？

或者怯怯懦懦、猶猶豫豫，忽然說：愛，是想過的……然後再說不下去了。

原來已經是死去了的——魚、番茄，以及愛。還有其他：海、海岸、農莊、漁人、農夫……等等。有一天，都不在了，只剩下一個罐頭。

或者在廚房的一個廚櫃裏，足足躺了三年零三個月。也不知道變壞了沒有。也不知道番茄醬還猩紅不猩紅……等等。

或者在一艘沉船的一個角落裏，生了鏽，魚類游近，親了親，又游走了。也不知道以後有沒有人來打撈……等等。

那是說：此刻身在有着另一個月亮的夜街（now it is a night street with another moon）……

夜街裏，還有另一個月亮，那是說：第一次見面，可是已經不再新鮮了。

也不到你不殘酷一點，因為都活在一個像罐頭那樣的世界，密封着一些異世的軀體，動物的和植物的……

也密封着一些關於死亡的記憶，以及一些記憶前的記憶。

那是說：月亮在地球的另一邊沉沒了。那是說：滄海月明珠有淚。

那是說：即使用罐頭刀打開密封多年的夢境，大概都腐壞了，帶着餿味。得小心點，不要割損手指，也不要食物中毒……等等。

此刻身在懷抱着另一個月亮的夜街。

也許還是范柳原和白流蘇在各自的房間望出窗外所看見的那一個月亮，但那時的世界早已變成了沉船裏面的一個罐頭了。

最後還是這樣說：愛，是想過的……

二

罐頭魚是夏宇的。

另一個月亮（next moon）是W. S.默溫（W. S. Merwin）的。

借來用用，圖個方便。

——怎麼能夠知道呢？只是坐車要到水源路，最多戴上眼鏡，有一本日記本和一串鑰匙，假裝咳嗽，偏頭看窗外，心裏着急，表情跟任何一位乘客一樣冷漠；對時間也許有狂妄的企圖，只是不便明言……

刪掉了好幾個「我」字，但基本上還是第一身的主觀陳述。就這樣的，「我」字欲蓋彌彰。很有點故作神秘的低調呢。

後來就想，一首詩，一個故事，寫完了，收錄一本書裏，放在書架上，不也是一個罐頭麼？

裏面的人和事，愛和恨，夢與死……諸如此類，就像躺在番茄醬裏的魚。

就像很多年後的一個晚上，走在那麼的一條夜街裏，雨歇了，昏燈，暗影，想着：愛，是想過的……（可人已不在了，都不在了），抬頭就看見了月亮。

——此時此刻的一個月前（一年前，等等）／打從這地球上最後的耳朵／聽見你的聲音。

——那些靜止了的字……／第一回看見便不再新鮮。

有好幾個「我」字，也給刪去了，彷彿減輕了一些私我的傷感。但無論如何，罐頭故事裏的魚（以及人）都不再活着了。

罐頭原來是自己的。

另一個月亮原來也是自己的。

是為一個故事的後記。

三

一個和另一個，是兩個了。一個再和另一個，另一個再和另一個，是四個了。

W. S.默溫說：最初是one和other one，最終演變成one by one，各不相干，都孤獨。

起初是語言遊戲，最終是人的真實處境：孤獨地，各自活下去。

那是W. S.默溫式的division。

很淺白的句子，很曖昧的意思；然後，是很平淡的心境。

像水一樣平淡，流着流着，渾然不覺，原來已經是一片「淡煙疏雨間斜陽，江色鮮明海氣涼」的光景了。

活着就是「靨散雲收破樓閣，虹殘水照斷橋樑」，不免有些淒怨了。

那是白居易式的觸景傷情——唐人詩境，變成了美國現代詩人的句子，別有一番心事。

都是一個皮囊跟自然、社會、內心的真情對話。

今天下了一場雨，天氣涼快了一些，想着想着，頗覺一雨成秋了。

也有一點點的空明：自知如何度過日夜，爬出自己的有生之年——也沒有名字，也沒有恐懼。用白居易的說法，那是「死生無可無不可」，是一種豁了出來的活法呢。

孤獨地，各自活下去。

無名無懼，無善無惡，無盈無虧——空明，大概如是。

人散後，夜如水，月如鉤。有時想：還是保持距離好一些。

當中也不是沒有矛盾的，好在心中早有打算，暫時相安無事。

不相見才日漸懷念。

下一回相見，大概都疲倦得不能言語了，靜靜相對，好比淡煙疏雨間斜陽。

細軟

一

還有三個星期左右便過年了。舊的一年過去（像去年、前年、年復一年地過去，累積起來，生命好像有了點厚度），新的一年快到了（像前半生的每一個歲末，都期待着新的一年，有所期待，活下去才不會那麼艱難）。

決定回家過新年，想像外面的世界颳着大風雪，房子裏開着暖氣，一起吃一頓熱騰騰的晚飯，於是，就決定回去了，然後呢？多半要回來的。來去之間，總有猶豫。

兩年有半，總結起來，竟然就只有廢紙三箱——是的，足足三大箱。

打開每個抽屜，裏面有信件、報價單、合約副本、會議記錄、通知書、邀請信……等等，都是紙，過了時效，變成廢紙了。

都是廢紙，上面有密密麻麻的字，在某些時日裏曾經生效，在某個崗位起着某些約束作用，中間夾雜了一些私人信件，糾纏着一些私人的事私人的情……等等。

想想，由九十年夏天至今，兩年有半了。是的，兩年有半，廢紙三箱。

然後，空出了兩大個抽屜，有一種更新的感覺，就像兩年半之前，其麼都沒有。

然後，也許會像這兩年半那樣，紙張在抽屜裏累積起來，乃至擠塞着、封了一些塵，慢慢變黃，漸漸作廢。

就像過去幾十年的歲月。

就像曾經生效、漸漸作廢的感情。

兩年半前，也試過清理廢紙，每一張紙都有一個記憶、清理了，連同記憶一起撕掉，連同附帶於記憶裏的一些事一些情，一起撕掉，於是，活下來便感到輕省了許多。

兩年有半，廢紙三箱。

提早來個年結，想像地球另一邊的一場大風雪，以及開着暖氣的房子……。

二

忽然喜歡上「細軟」這兩個字。既「細」且「軟」，那該是甚麼東西？

「東西」這兩個字也很有意思，一個是「東」，一個是「西」，合起來，既不「東」也不「西」，是另一回事了。

是的，還有三個星期便過新年了，清理廢紙之後，是收拾細軟的時候了。其實，也沒有甚麼是既「細」且「軟」的。或許，那是所謂「感情」。

收拾細軟，無驚無險又一年。

就像過去的一大段歲月。

就像往後的有生之年。

少年穆旦有詩曰：「摸黑回家了，便吐出一口長氣……／生活？簡直把人磨成了爛泥！」那大約就是此刻的寫照。

當然明白那不是埋怨，也不是悔疚。甚麼的因種出甚麼的果。

此刻只是想：收拾細軟好過年。

從來沒有救世主，誰也幫不了誰。是的，甚麼的因總種出甚麼的果。

已經有好多年沒有這種期待了，期待着新年、期待着新年帶來新生活。

可能是非常短暫的。

總想盡可能延長一些。

細細軟軟的，原來是思念。思念總不免是溫情的，而溫情總是磨人的。

細細軟軟的，也許是窗外無聲飄降的白雪，躲在簷前抽煙，噴出來的，還有暖暖的呵氣，想來也真是細細軟軟的。

兩年有半，細軟日多。

譬如飄雪，譬如思念。

足足有九百天了，去日苦多。

回去，然後呢？多半要回來的，多半要再次收拾細軟。

然後呢？

Que sera, sera

深夜乘的士回家，途中聽到一首桃麗絲黛（Doris Day）的老歌：

Que sera, sera
Whatever will be, will be
The future,s not ours to see
Que sera, sera
What will be, will be……

司機說，歌還是老的好。話匣子便打開了，原來司機跟我一樣，年輕時愛看希治閣（Alfred Hitchcock）電影，他說這是《擒兇記》（*The Man Who Knew Too Much*）的主題曲，桃麗絲黛宛若夜鶯的歌聲與扣人心弦的劇情配合得天衣無縫。

回家翻查資料，原來這歌創作於一九五六年，已經是半個世紀了。

Que Sera, Sera是法文，意思就是Whatever will be, will be，戲是七十年代看的，可至今還記得字幕把這句歌詞譯作「世事天定」，這層意思太好了，其後偶有徬徨和煩惱，便哼兩句，並且從中學懂了一個道理：犯不着預支明日的煩惱。

這首歌有三個人生片段，第一段說，當我還是個小女孩，我問母親，將來的我會變成甚麼模樣，我會變得漂亮嗎？我會變得富有嗎？她便這樣對我說，世事天定，將來不是我們看得見的。

第二段說，當我長大談戀愛了，我問男朋友，前路會有甚麼？我們每一天都有彩虹嗎？男朋友便對我說，世事天定，將來不是我們看得見的。

第三段說，如今我已兒女繞膝了，他們問我，將來的我會變成甚麼模樣，我會變得好看嗎？我會變得富有嗎？我便對他們說，世事天定，將來不是我們看得見的。

三個片段，便差不多走完了一生，Que Sera, Sera的唱着，彷彿是說，即使重新開始，此生也必一樣簡單。

於是想起一套忘了名字的日本短片，一個女子在海邊行走，景物幾乎沒有變化，中途遇上不同的男人：男朋友、丈夫、童年的兒子、長大了的兒子……

彷彿一個長鏡頭便是一生。

沒事，Que Sera, Sera的唱着，好的，壞的，不怎樣好的和不怎麼壞的，都會過去。如是者便五十年了。

在同一條河裏洗N次腳

一

希臘人說：無人可在一條河裏洗兩次腳。中國人臨河也有「逝者如斯夫，不捨晝夜」之嘆。但我們總是竭盡所能，希望把時間留住。回憶是一種形式，攝影是另一種。還有詩，以及物理學的形而上探索。

唸中學時學過英文動詞的十二種時態，但這些年來，有一些時態總是「存而不用」的，比如說，從來沒見過有人用I shall have been doing something……這樣複雜的時態。

像馮內果（Kurt Vonnegut）、艾西莫夫（Issac Asimov）、克拉克（Arthur Clarke）

這些小說家，經常會用一些時態曖昧的短句，使故事的時間性變得不確定，從而貫串「過去——現在——未來」的延綿感覺。

比如克拉克描述一個從外太空回來的人，會這樣說：整整一生……不，是兩生，一向前，一逆向……

比如艾西莫夫應用了「熵」與「逆熵」的理論，構想了一個關於時間逆轉過來的科幻故事，當中的時態，永遠是「現在式」的。

長途飛行有一種教人困倦的時間感，對一個像我那樣的「太空人」來說，簡直是一個超時空的噩夢。

有一天，真的像在迪士尼樂園親歷《回到未來》（*Back to Future*）那樣，在極高速的飛行中度過一生，或兩生，大概無法想像，那時間，那距離，那速度，將如何改變存在的意義……

那是因為：在生命的某一階段裏，我們活在一個完全違反自然（至少是我們所認知的「自然」）的時空裏。

那時，或可在同一條河裏洗N次腳。

二

約翰・里奇（John Rechy）有一本書，叫做《夜之城》（*City of Night*），六十年代初出版，據說很暢銷，大概是過時了，所以極難找。有一次，在舊書店找到了，讀了一些，有一些感覺是頗為強烈的，作者老說「太遲了……太遲了」（It's too late... It's too late），但總教人想到其實永不太遲。

後來，讀了一篇他談寫作的文章，他說，寫作最主要的一個理由，對他而言是「裝飾生命」（framing life）。

他說童年時一度迷惑於鏡子，在鏡像裏胡思亂想，比如說：I always have me。

他說童年時愛在窗前呆坐，看窗框外的世界。

其後，看電影、看書、看畫冊，也總是看出一面鏡子或一個窗口那樣子的一個框架。

那框架也總是在裝飾着這樣或那樣的生命。

他說：「故我能看見它（猶如我僅能在一面鏡子、一張照片看見我自己），救我能嘗試參詳究竟，嘗試辨認究竟。」

那是因為：現實總是移動得極不真實的，太不邏輯，太複雜，太令人不能自拔了。而在「框架」裏的事物，比如說電影、書本、圖畫、詩……等等，你時刻都可以重回那裏，重新閱讀、重新思考、重新認識、重新參詳。

那是另一種「時間簡史」了——某一個框架裏面，自成系統的、並不停頓也從不溜走的時間。

每看一回，多了一些自己附加上去的體驗，多了一層自己附加上去的時間痕跡。老在嘆息：「太遲了……太遲了」，但，總是永不太遲。

三

有一篇科幻小說，描述了這樣的一種「時間感」：在一個山崗上，住了幾戶超級富豪，一個早上，他們醒來，發覺他們被圍困在一層玻璃牆內；他們仍然可以利用各種儀器跟外面的世界通訊，但他們卻永遠走不出那一層玻璃牆——接觸不到外面的時間……

小說這樣結束：這些富豪將在他們的水族館裏慢慢死去，就像金魚……那是一種天堂似的（paradisiac）、內窺的（inward looking）的幻覺。

尚・布希亞（Jean Baudrillard）在《阿美利加》（*America*）這本書裏引述了這篇科幻小說，然後，說那就是加里福尼亞的處境：那是李歐塔（Lyotard）所說的「太平洋圍牆」（Pacific Wall），那是一層無形的水晶圍牆，將加里福尼亞監禁於它自己的福祉裏。

於是也聯想到：這浮城的處境也是不是這樣尷尬呢？這浮城的時間大概屬於歷史虛構式，有着大量歷史遺留下來的問題，等待歷史本身去解決——是的是一個透明的水族館，而不是一個密封的黑箱。

但如此的圍困式透明，本身大概也是一個歷史問題了。

水族館的時間與黑箱的時間在本質上到底有多大差異呢？即使一個是天堂，一個是地獄，恐怕也都只是一種「內窺的幻覺」。

有一天，水族館裏的生物發覺自己原來真的與世隔絕了，發現自己原來被圍困於監獄似的幻覺裏了，那該怎麼辦才好呢？除了等待死亡（像金魚那樣）之外。

時間在累積着、虛構着、倒數着、混沌着（以及貌似澄明地混沌着）……整整一生……不，是兩生：一向前，一逆向……

四

那是一種詩的時間：「我是我所曾是，我是我所將是」（I am where I was；I am where I will be）……

「流過的河／常常是／正在倒流／從此刻的高度／將逝……我聆聽／時間流過我的靈堂／我活着……」三言兩語，教逝水倒流，教一個血肉之軀出生入死，那是創造的時間。

加洛克（Jack Kerouac）有一回開列了一張寫作的基本守則，其中一則說：「無暇顧詩而詩正是如此」（No time for poetry but exactly what is），另一則說：「像普魯斯特那樣做一個時間的大麻癮君子」（Like Proust be an old teahead of time）。

普魯斯特（Proust）有一篇談寫作的文章，叫做〈復得的時間〉（*Le Temps retrouvé*），強調三種時態是不容被粗暴地切斷的：我們現時的自我；保留其本質的過去的對象物；鼓勵我們再度尋求其本質的未來的對象物。

普魯斯特又說：一小時不僅僅是一小時，它是一個裝滿了芳香、音響、打算、氣氛的花瓶；我們所說的現實，就是同時存在於我們周圍的那些感覺和記憶之間的一種關係……這是一種獨特的關係，作家只有發現它，才有可能用語言把兩種不同的存在永遠地聯結在一起。

馮內果在《戲法》（*Hocus Pocus*）一再告訴讀者：故事其實已經完了，但他還想再說多一點故事；說故事已經完了，但他還想強調，人類的處境是多麼的尷尬……

如此的一個故事也許會沒完沒了，馮內果最後還是要想辦法總結陳詞：那是因為我們能讀能寫，能做一點算術，但那並不表示我們因而可以征服宇宙（尤其不可以征服時間）。

我的「初覺之室」

一

濟慈（John Keats）寫信給摯友雷諾斯（John Hamilton Reynolds），將人生比喻為「有許多居室的一幢大廈」（a large mansion of many apartments），然後說：「其中兩間我可以描述一下，其餘的門還關着，我進不去。」那時，他才二十二歲，但已經時日無多了。

人生的第一房間叫「幼年之室或無思之室」（the infant or thoughtless chamber）：「只要我們還不會思維，就得呆下去，會呆很久。儘管第二間的房門已經敞開，露出一片光亮，我們卻無心進去。」

「等到我們的內在思維能力醒來了」，便走進人生的另一房間——「初覺之室」（the chamber of maiden-thought）：「……我們陶醉於那裏的亮光和空氣，到處都是新奇事物，教人心曠神怡，樂而忘返，想要終老於斯了。」

「初覺之室」的明亮漸漸便消失了：「黑茫茫的，通向陰暗的過道……我們在迷霧裏……這就是你我當前的處境。」二十二歲的濟慈如是說，那倒是我中年之後才似懂非懂的。

大半生走進了多少房間？哪一間才是我的「初覺之室」？

二

童年時家居山村，屋後有一個臨崖的陽台，崖下是街，遠一點是電車路，盡頭是海，那時愛憑欄遠眺，跟童伴數街車，數火船，放風箏；忽爾一個汽笛響徹海港兩岸，末了對岸回聲隱隱可聞，耳之所濡，目之所染，皆是天明水淨，山長海遠，每天都是悠然佳日，此生永誌。

二十多年前買了第一間房子，在九龍灣，以為可以終老於斯了；這房子臨窗可遠眺海港一角，凌晨讀書寫字，偶而因疲倦而浮躁，便在窗前看一會兒隱隱約約的燈影波光，心便安靜下來。其時的生活邏輯很樸素：讀書是為了寫更多的字，寫更多的字是為了養妻活兒。

十多年來老是搬家，從九龍灣搬到馬鞍山，再搬到藍田、觀塘、大埔、北角，幾個月前再搬到觀塘，妻問：「還搬嗎？」還是想搬的，只是累了。

房子是有記憶的。住在觀塘山邊的時候，上下下山，經過面向一角迷濛的海港、苔蘚潤綠的小公園，有事沒事，都會在板櫈上坐一會，有一回，坐下才不久，還沒想到要想甚麼，忽爾有一兩滴雨水掉在眼鏡片，滑到臉頰，有一兩個黑色的斑點從崖邊的樹叢竄出，抬頭看清楚，才知道是灰白色的鳥，其時心生一念，以為自己想通了。

便決定搬到大埔河谷去了。

三

房子是有記憶的。這房子的書架上有兩本日文書，在日本的寺院有緣偶過，便買了。

一本叫《雲水日記》，雙數頁是靜修隨筆，約有半數漢字；單數頁是圖畫，彩色黑白參半，畫風有點像豐子愷的漫畫。靜修要講規矩，起牀就寢都要敲擊堂前櫸木板，那叫「開板」；夏日凌晨三時半，冬日凌晨四時半起牀，殿司鈴鐘敲響，喝一聲「開靜」，排隊步行、頌經、參集叫「出頭」，忙了半天，才「朝課」……

修行過了，便忙於「食事」，「粥座」是集體吃「天井粥」，「集米」和「托缽」是沿街化緣，「園頭」種瓜菜，「歸院」開灶燒飯，「齋座」靜心，然後填飽轆轆飢腸。秋收做「漬物」，「臘八」放鞭炮吃糕點粥品，「正月支度」舂米磨麥開灶做餅，修行總不忘安撫口腹，真是活脫脫的世俗人間。

另一本叫《町并》，全是圖畫，只有小量說明文字，據說町并是市街之意，市街內全是古老民房，家家戶戶門前都有一條寬不過三四呎、深不到四五呎的流水坑，潺潺而流，有些還養了錦鯉，走在石板小街，偶聞淙淙天籟，真是篩靜得教人心動——這樣的町井，在高山、北海道見過，在雲南麗江、大理也見過，引活水到家居，信是先民經之營之的「初覺之室」。

四

房子是有記憶的。其實很喜歡大埔河谷的房子，房子前面是祠堂，祠堂後面有一棵雙生樹，枝幹交纏，連體而生，兩樹交頸恍如一樹，約有七八層樓高，書房的窗口正好對着雙生樹，那時寫了一首詩，末段說：「其後在前院遺留一灘暗瘂的落葉和鳥糞／大半生之後的一個清晨，跟繁衍的眾生／會心微笑。此刻雙生的樹悄悄回首，偷窺／窗內寫字的人透光的側臉，喘聲，和心跳／它已經感覺到了，寫字的人也感覺到了／在這影影綽綽繁露滋生的凌晨時分／給你寫信，忽爾打了個嗝，於焉感覺到了／——胃氣正暖，河谷正嫵媚，此時正年輕」。

可不多久接了個電話，便退不成休了。要到柴灣上班，於是搬到北角去了。

五

讀濟慈的信，便明白葉珊（少年時代的楊枚）何以老寫「給濟慈的信」了。

有一天忽爾回頭看那些「初覺之室」，漸覺亮光愈來愈微弱了，漸漸淡忘了「初覺」，只是活得無可無不可。那就搬家好了，搬到一個陌生的地方，把書本和雜物裝箱再開箱，把生活和心情重新整理，在陌生的地方讀書、寫字、喝茶、做飯、散步。那就一切安好。

濟慈發明了「消極感受力」（negative capacity）這個詩學術語，那是說，是有能力經得起不安、迷惘、懷疑的，這「超越感傷的智慧」，就是澈悟：最好的日子已經遠了。剩下來的不是不好，頂多只是比較好，比較不那麼壞。還是搬家好，搬家也許就是要恢復日漸疲乏的「消極感受力」吧。

六

喜歡北角山道上的老房子，以為可以終老於斯了，院子裏住了十來戶人家，有人用大水缸養了些魚，晨起無事便捧杯咖啡到大水缸旁坐下，跟疏疏落落的游魚一起發獃。悠悠晃動的雲影穿過天井掉在背光的大水缸裏，簡靜得好像幾十年從來無事發生。

院子裏有人養了兩隻花貓，反正都是老貓，也不大叫，沒事便挨在花槽邊擦背曬太陽，你不管牠們，牠們也不管你。可兩隻花貓從來不會同時現身，漸漸便覺得其實只有一隻，或者，一隻只是另一隻的貓魂。

可這老房子給地產商收購了，便搬到觀塘去了。

七

年輕的濟慈述說人生的滄桑：「初覺之室」的明亮漸漸消失了，我們在迷霧裏裏：「這就是當前的處境。我們感到了『人生之謎的負擔』。」話可以這樣說，實情卻不是這樣的。

這是第四度搬回觀塘了，幾個月前兒子回來，跟他一起走過家居附近的小公園，才發覺通向大街的小徑已然綠樹成蔭了，亭子裏有人下棋，便跟兒子說：「記得嗎？」兒子拉起褲管，笑說：「這疤痕留了三十年，它忘不了我。」其時沉迷下棋，下得連兒子也不見了，好在他還懂得認路回家。沒事，在「初覺之室」的亮光裏，這樣的疤痕，我有，五弟也有，想跟兒子說：那只是成長過程的雲水日記，或者町并。

在這小公園坐了不一會，便覺綠蔭如魘，秋深日短，還沒想到要想些甚麼，轉眼便暗了下來，一幅一幅的牆，便亮起兩盞三盞昏黃的燈。唔，還有很多房子的門等待有緣人打開，只是短命的濟慈來不及進去。

失散的石頭

這些日子你在西班牙小鎮讀書和跳舞。你在自己的房間跳自己的 flamenco。你在尋找身體和世界的關係，尋找身體最美的呼吸和姿態。

你有一天回覆電郵，說要讀卡爾特斯（Imre Kertesz）的書——《給未出生的孩子的安息禱詞》（*Kaddish for an Unborn Child*）。

於是我便想起一首遺失了的詩，關於花鞋、音樂、月光和未生即逝的昨日。

卡爾特斯的書，我起初以為自己只看過《命運無常》（*Fatelessness*），是在長途飛機上看的，看得特頭痛，老覺得機艙也是集中營，香港也是集中營，自己也就是囚禁在集中營的少年 Koves，天天學習做浮世順民——我想在電郵中告訴你，他的名字是石頭，那就叫他柯韋石好嗎？

據說《命運無常》、《慘敗》（*A Kudarc*）、《給未出生的孩子的安息禱詞》是「無命運三部曲」。Kaddish 是無一字涉及死亡的猶太安息禱詞，已故的阿倫金斯堡（Allen Ginsberg）有一首詩也叫 Kaddish，呵呵，都在超渡自己恍如未生即逝的昨日呢。

唔，轉眼又六月了，那就一起給未生即逝的孩子唸一篇 Kaddish 吧——我想在電郵中告訴你，保重。不要忘了回來還要見面。我們失散太久了。

要是有誰問這位人到中年的匈牙利猶太作家：如果你有一個孩子……他的答案可能只有一個字：「不」。若干年前，他的妻子（現在的前妻）告訴他：她想要一個。他就是這樣回答的。

渴望而遺憾的是：「不」，或「永不」。最決絕的一個字，或兩個字。此所以他老是沉思：集中營，錯置的大半生，無時態，歷劫餘生，無命運，一塊石頭。

我想在電郵中告訴你，原來我讀過《慘敗》——

一個五十多歲的老人從灰色的文件夾上拿起一塊灰色的石塊，那該是一塊紙鎮。他的母親問：「這是甚麼？」

他便說：「一塊石頭。」

母親問：「不過你用它做甚麼？」

他說：「我剛好沒用它做甚麼。」

母親問：「它有甚麼用處？」

老人說：「我不知道，它就這麼在這裏了。」

這個五十多歲的老人叫Koves，《命運無常》的營中集少年也叫Koves，這個匈牙利姓氏譯為中文，意思就是石頭。他的名字是石頭，那就叫他柯韋石吧，他的好朋友叫Szikla，中譯是岩石。大談存在主義哲學的Berg，中譯是山岩。

啊，原來都是石頭——我想在電郵中告訴你，保重。不要忘了回來還要見面。安心在自己的房間跳自己的flamenco吧，我們是兩塊失散太久的石頭。

最好誰也不是辛波絲嘉（Wislawa Szymborska）所說的「唯一回頭的頑石，在腳下咆哮」。

啊，一個人，兩個人，三個人，原來都是石頭，就像西西佛斯（Sisyphus）不斷推上山的頑石。

卡爾特斯說，寫作這行為，猶如推一塊頑石上山：「寫怎樣的一本書，這完全無所謂，一本好書或者壞書——這對本質沒有絲毫的改變」。

寫作也許就是被抽去了這慣性行為的創造本質，是一種循環往復的無時態，無命運，是像灰色紙鎮不知為何而存在的苦役——我想在電郵中告訴你，保重。不要忘了回來還要見面。

安心在自己的房間跳自己的flamenco吧，跳舞的身體，和心靈，不也是一道一道記憶裏的逆光嗎？不也是一本一本火祭的書嗎？不也是循環往復的無命運嗎？

這世界總有一個接一個如此這般的，不可改寫的不對稱：一邊是玻璃沙漏和淡紅的芍藥，是月光和花鞋，是鐵道咖啡館，落地大窗，木球會，一大片綠油油的草地。

是欲言又止的無故事，染了口紅的玉桂，燃燒的香煙，杏仁色的早上，短凝，午後寧靜，短凝，雨後陽光，短凝。

另一邊，是人體的集體運輸，以高速運行，暢通無阻，如同活在毒氣室裏，以最小的能量，讓記憶裏的這一夜，和那一夜，永遠消失，只剩下墓園裏的大理石天使，石頭上靜默而倔強的，一滴，兩滴，永遠凝止的淚珠。

我想在電郵中告訴你，寫怎樣的書，跳怎樣的舞，都沒所謂了。保重。不要忘了回來還要見面。

我們是兩塊失散太久的石頭——有時想軟化，有時想飛翔。

卷二　最灰的時光

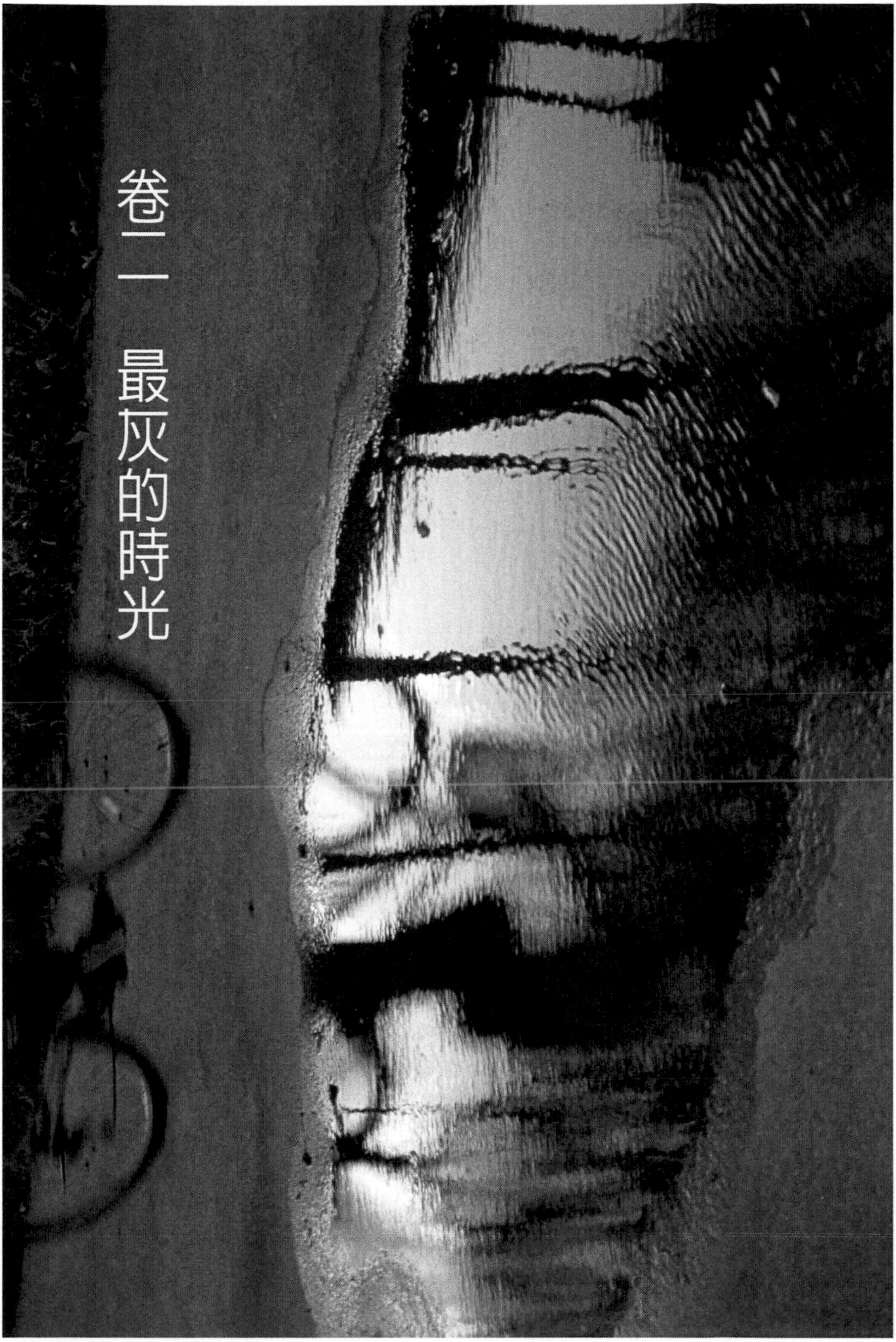

最灰的時光

Rhapsody

我想告訴你，春節時我在吳哥神廟看見了此生從未見識過的最龐大最磅礡的灰色。灰色的石頭城和灰色的神話浮雕，灰色的沉淪和灰色的再生，灰色的象隊戰爭和灰色的乳海傳說，灰色的觀光與灰色的懺悔，灰色的濕婆神和灰色的砒師奴，灰色的想像和灰色的隱喻，灰色的陽具石柱和灰色的陰戶石槽，灰色的興衰史和灰色的考古學，灰色的七頭蛇神和灰色的梵天……都在匯演一場灰色的破地獄，或嘉年華。

我將耳朵貼着石牆、石柱和石階，便聽見了：那灰原來囚禁了一個靜默的聲音，很沉，很厚，很遠，很驚心動魄，聽久了，才辨別出那不是現世的聲音，而是一種我不懂得的語言；聽夠了再看，才看出那一大片雄渾的灰暗藏着最秘密的意義——不在於它受到光影擺佈所展現的深色和淺色，而在於時間，以及時間沉積下來的厚度和質感，那灰，有七百年的深。

但根據元代周達觀的《真臘風土記》所載，這裏本來是金光燦爛的。你在嗎？沒事，只是想說，如果你在就好了，如果你在，我便不必再說甚麼了，於是我便想像你也看見了：一個燦爛的文明毀滅了，湮沒了，不朽的原來只有這永恆的灰色。

沒事，只是想說，安哥通城與吳哥神廟一帶盡是平原，此所以只有六十五米高的巴肯山已是當地的奇峰，黃昏時分，短短山路遊人如鯽，浩浩蕩蕩，有若一群一群的朝聖者，都興緻勃勃地趕着登山看日落。登這小山真好，邊走邊教我想起每天踏上山居歸途，都得走一段約略如是的斜坡，便覺得很親切了；只是山居被高樓重重圍困，這小小的巴肯山卻可以極目古城，在莽莽蒼蒼的一大片灰色風景裏靜待一枚橘紅色的渾圓而壯麗的落日。

灰的涵義大概是這樣的：城是石頭城，神廟是巨石砌成的神廟，在叢林裏湮沒百年，都只剩下一大片灰色了，只有這麼洶湧而澎湃的灰色，才可以突顯那悲壯但短暫的一枚橘紅色的渾圓落日，於是小小的巴肯山頭便瀰漫着此起彼落的讚嘆，都不是沒見過落日，只是看日落有如吃飯那麼尋常，難得的倒是一個不尋常的處境，一個不尋常的美感空間。灰夠了，從中找到這樣的不尋常便很好。

Elegy

我想告訴你，尚・布希亞（Jean Baudrillard）死了，像他的前輩沙特（Jean-Paul Sartre）、羅蘭・巴特（Roland Barthes）、福柯（Michel Foucault）那樣，不管活得夠不夠，最後的時光來臨了，情願或不情願，便死去了。

尚・布希亞是我心目中最灰的隨筆作家，他把整個世界描述成廢墟：「大學已經成為廢墟：它既在市場和就業的領域毫無作用，也缺乏文化內涵以及探求學問的目標」；「嚴格說來，也不存在甚麼權力：因為權力也成為廢墟」。他堅持這壅塞的世界充斥着惰性，猶如腫瘤，不斷增生直至毀滅——這是癌症最猥褻的秘密：「贅生物對生長的報復，速度對惰性的報復」。他否定一切可被言說的意義：「任何依靠意義活着的人都會被意義殺死」——那麼，這個人一生不停書寫，着作約三十本，到底夠不夠資格名列於「被意義殺死」的排行榜呢？

還記得奧桑（Francois Ozon）的《最後的時光》（*Time to Leave*）嗎？那是一名患了癌症的青年攝影師最後的生命歷程，他不想化療，因為害怕脫髮，他不想讓別人知道他快要死了，於是便趕走了他的「同志愛人」。他最後的夢想就是要跟他愛過的人睡一個晚上。

他把自己垂死的秘密告訴了他的老祖母——對了，飾演這個美麗的老祖母的演員，正是昔日的大美人珍摩露（Jeanne Moreau），為甚麼要告訴她？因為她跟他一樣時日無多；他要求老祖母跟他睡，老祖母（她說她愛裸睡呢）答允了；他可沒有把真相告訴他的「同志愛人」，所以「同志愛人」拒絕了跟他睡；最後他剃光了頭，躺在黃昏的沙灘上，跟一枚悲壯的落日睡了一生中最後的時光。睡得很靜，睡得很好。

其實很想知道，布希亞有沒有看過這部由他的同胞執導和演出的電影？是的，心裏有數了，it's time to leave，很想知道，這個灰得那麼沉厚、灰得那麼深遠的隨筆作家在最後的彌留時光，究竟有沒有甚麼未了的夢想？比如說，跟他愛過的人都睡一個晚上那麼亢奮而卑微的夢想？

Variation

我想告訴你，近些日子我愛搬張椅子到後院讀書，由日光明麗的午後讀到天色昏暗，便覺得一天過得格外漫長。這樣讀書真好，那是因為我再次恢復自由了——這是少年時代友儕間的「暗話」，「恢復自由」的意思，就是再次失業。那時失學復失業，是一段很漫長很灰暗但很自由的少年歲月，也不大知道自己會變成一個怎樣的人，只是街逛夠了，囊空如洗了，無聊才讀書，家裏省電，白天不開燈，便搬一張板凳到既是廚房也是浴室的小露台，隨手找一本書，便讀了一個悠長的下午。

那時愛讀小說，其中一本是杜紅（詩人蔡炎培的筆名）的「四毫子小說」《風孃》，故事內容早就忘記了，依稀記得，讀到最後一行，讀完了最後一行，捲卷回看斗室，已是一片昏暗，而露台外暮色四合，是一天裏最灰暗的時刻。要是記憶無誤，我倒覺得奇怪，天色那麼灰暗，怎麼可以讀書呢？

很多年後我又恢復自由了，也不大想以後的事了，午後無聊也讀了一些書，其中一本是《張學良趙一荻私人相冊——溫泉幽禁歲月：一九四六～一九六〇》，一頁一頁的翻揭，我看到的，是歷史和歲月殘酷無情的遺痕——自言「我把天捅了個窟窿」的「不抵抗將軍」和他有情有義的女人，在貌似平靜卻波濤暗湧的幽禁歲月中老去了。那是英雄和他的美人一生中最灰的時光。

有一幀黑白照片攝於一九四七年五月，背景是一座名為井上溫泉的日式建築，猶在盛年的張學良濃眉烏髮，穿拖鞋猶穿上白襪子，與妝扮素淡而掩不住雍容爾雅的趙一荻各自坐在籐椅上，几明窗淨，籐桌上還插了花，恍如度假般悠閒，可一度便度了漫漫餘生，眼看少帥頭髮日漸稀疏，他的女人在微笑中泛起心底的愁意，便想起少帥晚年的一首感懷詩：「願起高樓鑄晚鐘，力不逮兮眼朦朧。淚墜濤中空自去，如何流得到遼東」。

少帥前半生有過數不清的女人，可他與「趙四小姐」的愛情故事最是蕩氣迴腸，在那本記錄了兩人十四年的幽禁歲月的「相冊」中，英雄和美人都日漸遲暮了，是荒謬歷史中的一段為勢所迫的情緣也好，是范柳原與白流蘇那樣在亂世裏認命地廝守也好，他們畢竟共患難了七十多年，有情有義，每幀黑白照片都有深深淺淺的灰，那灰，彷彿就是一段教人思之惘然的傳奇……

其中一幀是這樣的：在沒有照明的幽森的日式房子一角，兩人低首吃早餐，窗外的陽光靜好，更反照出室內的灰暗，也隱隱照見英雄和美人的滄桑面容，都有些憔悴了，極灰，但灰得很寧靜，很有情韻，猶如尋常巷陌無言共對了大半生的老夫老妻。

旺角是一條時光隧道

旺角曾經是一條時光隧道，有一段少年歲月，揹一個用尼龍繩索口的帆布袋，沿奶路臣街遊逛大半天，便裝滿了古舊的記憶（與想像）回家。家搬了不知多少次，這帆布袋早已不知哪裏去了，旺角和它的記憶卻是一生一世的。

其一：啟蒙記

大約是一九六九年或一九七〇年，是星期六下午吧，從油塘灣乘14號巴士到佐敦道，走到白加士街領了二十多元稿費，乘巴士到旺角五月花酒樓前下車，過了馬路，走到奶路臣街，在德明書院門前的地攤蹲了半天，跟剪了平頭裝、頭髮灰白的檔主打個招呼，聊了幾句，便靜心尋書，找到三本《文藝新潮》（馬朗、莎千夢、李維陵……的小說），兩本《文學雜誌》（夏濟安主編），還有周越然的《書書書》……每本五角，都買了。

然後走到花園街，左轉，到了友聯，翻書，在那兒買了小開本的《新人小說選》（陳炳藻、江詩呂、林琵琶、西西、亦舒、崑南、綠騎士、盧文敏、伊曲、方端玫、欒復……），戴天的《無名集》，然後出去抽煙，抽的是硬裝十支裝的三個五，抽完了，便橫越奶路臣街，在精神書屋右側的樓梯走到閣樓，走進去，在佈滿灰塵和故紙氣味的小書山之間凝神摒息，生怕吸入大量塵埃，或走漏了夾纏於過期畫報、陳年教科書與黃色刊物之間的一本詩集，攀高蹲低，竟然找到艾山的詩集《暗草集》、侶倫的散文集《無名草》、劉以鬯的小說集《天堂與地獄》、扎克的散文集《草窗隨筆》……

累了，有點餓了，便走到洗衣街麥花臣球場畔的大排牌，買一瓶啤酒，吃一碟乾炒牛河，邊吃喝邊翻書，用鉛筆在書頁上標記有感覺的句子，抽一會兒煙，又用鉛筆記下滿腦子飄浮的句子，回家便有很多東西可寫，下一回領了稿費，大概還是到旺角獵書、抽煙和吃喝。

那段日子常去的書店都不在了，從精神書屋向洗衣街走，幾十步便走到復興書店，那裏的光線不大充足，走到店的盡頭，有一排書架是活動的，拉開了，背後有另一排書架，裏面是翻譯小說，有一套十二本裝的歐美短篇小說選集，譯者都大名鼎鼎：鄭振鐸、傅東華、王統照、巴金、麗尼、陸蠡……還有誰呢？忘了。這套書陸續買齊了，翻了很多年，後來呢？如沒記錯，有一年梁志華和廖偉棠到我家，搬走了幾箱書，在東岸賣光了。

還有鄰近登打士道的實用書局，與棺材舖為鄰——很多年輕朋友都不相信旺角有棺材舖，都說：是真的嗎？是真的，廣華醫院就在不遠處，有義莊，當然也有棺材舖。這書局很亂，書疊得很高，彷彿隨時塌下來，書局翻版了不少周作人文集：《談龍集》、《談虎集》、《夜讀抄》、《苦茶隨筆》、《苦竹雜記》……頗貴，還是一本一本的買了。

沿洗衣街走到太子道前，還有一家集成圖書公司，售台版書為主，要是囊有餘金，也會到那兒逛逛，可以找到瘂弦主編的《幼獅文藝》，記憶中，翱翱（張錯）譯了威廉・卡洛斯・威廉斯（William Carlos Williams）晚期的長詩《柏德遜》（*Paterson*），在該刊連載。其後在那兒找到幾本《笠》（詩刊），其中一本刊有非馬譯的美國詩人艾德生（R. Edson）的詩集《發生的那樁事》（*The Very Thing That Happens*），計共有四十九首。

要是少年時代沒有遇上旺角，以及遍佈於旺角的文學啟蒙，我沒法想像，我將成為一個怎樣的人。

其二：古墓記

走過旺角，在通菜街和豉油街交界，沒有多少人會想起，二〇〇四年五月，在修路時竟然發掘出共一二一件漢朝（公元前二〇六至公元二二〇年）、晉朝（公元二六五至四二〇年）和唐朝（公元六一八至九〇七年）的文物：陶器、陶罐和陶釜殘件、製陶工具、各類缸瓦殘片和青磚，據考可能是墓葬的陪葬品。

翻查歷史，旺角古稱芒角或望角。信史記載，秦平定百越，置南海郡，香港已屬秦土。其後歸屬南越國，置有鹽官。漢滅南越，香港列為漢土。香港先後受東吳、西晉、東晉及南朝管治，其時文獻和考古發現不多，東晉末年，盧循率浙東起義軍，曾攻陷廣州，起義失敗後，餘部退至今大嶼山一帶。晉人南遷，過嶺南而落戶新界，再到九龍半島，由李鄭屋村到旺角，俱有人煙。

旺角從前其實也是舊書出土之地，上世紀七十年代初，跟兩位朋友合租了山東街的一個頂樓房間，兩三年後曾在好望角大廈及萬隆大廈上班，漸漸由旺角過客變成旺角住客、旺角常客了。那時有空便逛書店（尤其是舊書店），由西洋菜街到洗衣街，奶路臣街彷彿就是一條記憶的墓道，每走一步，都是發現，都有成長與啟蒙的出土文物堪作見證。

在精神書屋找到《六十年代詩選》、偽冒張愛玲的小說《笑影淚痕》（其實一看書名便該知道是偽書了）、《海光文藝》（全套）、《文藝伴侶》合訂本、《塘西花月痕》（那是李碧華的《胭脂扣》最重要的參考資料）……在友聯購得也斯的《灰鴿早晨的話》（從此他就成了我的master），奶路臣街的橫巷有許多記不起名字的舊書檔，在那兒陸續購得《南燕》、《海瀾》、《大風》、《文藝世紀》、《人人文學》、《好望角》等過期雜誌……

田園書屋約於一九七五年開業，此後西洋菜街成了二樓書店的重要據點，也成了當年詩友的聚腳之地，有一天與何福仁、康夫在田園樓下的美而廉餐廳聊了整個下午，乃有《羅盤詩刊》的誕生。

當然不會忘記洗衣街的南山書屋，那時是一幢有木樓梯的舊樓（現為金雞廣場），南山書屋在三樓，有大量廉價的簡體字書刊，歷史書和語文書尤其多，在那兒買過呂叔湘的語文隨筆、陳原的《社會語言學》、錢鍾書的《舊文四篇》、宗白華的《美學散步》、朱光潛的《詩論》……還有許多古籍出版社的詩選和文選，以《歷史》、《考古》、《美學》等期刊。

這消失了的書店靜好得像一座古墓，每回走進去，都帶了一些知識文物出來，有時約了詩友到瓊華或龍鳳喝茶，有時到旺角火車站下面的鄺達酒吧喝杯啤酒，有時到胡社生行頂樓的旋轉餐離喝杯咖啡……恍如昨日，那段穿梭於旺角古墓的日子，清貧而快樂，想來真是教我一生受用不盡。

夢回馬山村

瘦削的桃樹

窗外是一戶人家的小後院，院中有一棵瘦削的桃樹。在山村長大，可沒有認樹的本事，人家說是番石榴樹、龍眼樹、桑樹、白楊樹……總是開花結果子才見出端倪。那樹在水泥地破土而出，年年長出桃子，必是桃樹無疑了。

桃樹是瘦削的，桃子也是瘦削的。青色的桃子泛着微微的脂紅，隱隱約約飄來熟不透的誘惑，桃子很小，比李子大些，有些甚或握不盈童掌，都有一身輕薄的絨毛，拿起來，當着陽光照——就像賣雞蛋的，當着燈，照看殼裏的小宇宙，受光的桃子半透明，閃出柔麗的澤彩，可以想像，桃核就像鴨仔蛋殼內夭亡的胚胎。

有時摘得太多了，桃子從懷裏掉在腳背，像給一顆石子擲個正着，也痛。桃肉很薄，咬得要輕要細，不然就要咬到桃核了，嚼了半天，汁少味澀，牙關總覺疲累。

瘦削的桃樹站在窗外，枝葉從小後院探伸到窗前，白天有葉影灑落書本功課，便抬頭看看桃子長出來了沒有，夜裏說一聲「唔該借借」，便給瘦樹施了點肥。

山村的房子依山層疊迂迴，窗外那戶人家，入口就在比鄰的麻石平台上，進門下樓梯，打開後門，就是小後院了。

那戶人家住了四個人，男人、女人和兩個女孩，挺和善的，也不大理會孩童偷桃，女人有時勸說：桃子還沒熟透，遲些才好吃呢。孩子可沒耐性，遲些瘦桃子都給摘光了，只剩下孤仃仃的瘦桃樹。

四口之家好像從不生氣，或是氣生了一會兒，自知生了氣也無用，樹照樣瘦，桃子照樣汁少味澀，照樣未熟透就給摘光了。想來這和善的四口之家，大概從沒嘗過桃子熟透的滋味。

瘦桃樹有一年給颱風刮斷了。

小後院向海，盡頭是懸崖，崖下是石礦場，十分空曠，每逢颱風季節，窗子總給木板封好，那次颱風過後打開窗子，便看見瘦桃樹攔腰折斷了。

也不知道過了多久，斷樹又長出枝椏和疏葉，可直到山村大遷徙，再沒見它長出桃子了。

鷓鴣天

山村有一間齋堂。那時還不知道齋堂是甚麼意思，只當作一個地方的名稱，好像圍牆內有三間屋，路邊有一塊兩層樓高的大石頭，欄杆旁有一條大坑渠，於是那些地方就叫做三間屋、大石頭、大坑渠了。齋堂裏住了一些齋姑。那時也不知道齋姑是甚麼意思，只知道她們是住在齋堂的女人。

有一天，齋姑搭了棚拜神唸經，然後打開幾個大竹籠，讓裏面的鳥兒飛上天。孩子問：那是甚麼鳥？大人說：是鷓鴣。孩子問：為甚麼放走鷓鴣？大人說：放生求雨。也不知道放生是甚麼意思，只見在煙火飛灰間鷓鴣漫天，明淨的藍天忽爾灰壓壓的，陰沉得像快要下雨。

可有些鷓鴣有氣無力的，飛不遠，就鑽進麻石平台的罅隙裏喘息，孩子覺得有趣，便伸手進去，捉了鷓鴣來玩，大人厲聲說：放生的，不要弄死。孩子把手裏的鳥兒往天上抛，鳥兒拍動幾下翅膀，便摔下來了。

滿天的鷓鴣不一會兒就飛散了，只剩下十來隻蹲在石罅、牆頭、石級、樹洞，沒神沒氣的發獃。大人竊竊私語，說牠們「作病」，然後都搖頭嘆氣。

發獃的鳥兒無人理會，大人又不准孩子碰觸，孩子當然也不明白是甚麼意思。後來在學校操場、在大石頭上面，在房子的瓦頂，都發現了一些鷓鴣的屍體——雨始終沒下，倒下了一場鷓鴣雨。

那真是神秘，就好像三間屋有個男人肺癆死了，屍體放在屋前的空地上，村民都給他燒香，金銀衣紙燒了又燒，整個山村瀰漫着煙火飛灰，以及壓沉了的嗚咽。大人說那是消災，孩子也不明白消災是甚麼意思。

大人每隔一天兩天就扛着擔杆和水桶，走到山下，或打山路走到鄰村，排大半天隊，才挑着兩桶水回家。然後是四天才一次，孩子也挽着小桶跟着大人輪水去了。

很多年後，當然知道為甚麼要求雨放生，正如知道齋堂和齋姑是怎麼一回事，可還是猜不透，鷓鴣天、鷓鴣雨、屋前停屍，跟旱天的神秘關係。

碎片的聲音

背着草綠色的帆布書包，白布鞋綁在書包帶，赤腳走在遍佈碎石、粗沙、空罐、破瓶和爛魚網的石灘上，聽到一些斷斷續續的晶片碰擊聲，清清脆脆的，太好聽了，找不着妥貼的擬聲字。

海浪湧上石灘，都跳着，閃避着濺起的水沫，書包裏的晶片又清清脆脆的響起來了。

那些美麗的晶片好像從沙石隙長出來，墨綠的、白裏透青的、淡黃的、深啡色的，在日光下閃爍着，拾起來還有點餘溫，可又沾了海水的涼意。

將兩片放在耳畔輕輕碰擊，便聽到一種悅耳的清音，幾秒鐘後猶有回聲。

晶片是光滑的，形狀很不規則，略方的、略圓的、多邊形的，都有。

有說那是壞了的碎玉，有說那是罕見的礦石。

也不管了，都撿拾滿了半書包，走着，跳着，閃避着浪花的水沫，背着那些清脆的聲音，側身穿過艇屋的甬道，走到船廠，有人掏出磨薄了的晶片，彎腰打水撇，有人偷偷解了套在木排上的繩索，把小艇搖了出去，忽爾聽到遠處的斥喝聲，便跳船沿淺灘逃跑。

這時此起彼落的晶片碰擊聲便在寂靜的午後交響起來了。

回家打開書包，發現書簿文具都沾滿了玻璃碎，那才知道，是玻璃，鋒利的破口給浪和沙磨滑了，磨出了一層迷麗的亮澤。

不是玉不是礦石也不要緊，山村的孩子總有豐富的創造力——索性用磚頭把晶片碎敲成粉末，煑一窩牛皮膠，用來漿線，漿好了，便沾上了玻璃粉末，曬乾了，用紙張試擦幾下，紙破了，夠鋒利了，便用來放風箏。

風箏與風箏在天空交遇，線和線交纏，線轆在拇指和食指圈成的孔眼裏旋動，也有一種悅耳的聲音，線斷了還在風裏迴響。

海岸早已建了幾十層高的洋房，沿電車路望過去，石灘消失了。

艇屋很多年前給一場大火燒光了，臨近水勢急湍的海角，還有一處荒灘，可不知道，灘上還有沒有給沙和浪打磨得溫潤如玉的晶片，還有沒有孩子背着半書包的清音跑回家。

叫賣聲

山村每天都聽到這樣那樣的叫賣聲，幾乎每一個挑着擔子、肩負盒箱，跑到山村叫賣的人，都有一件敲擊發聲的法寶，教村民老遠就聽見了。

叫賣聲和敲擊聲從遠而近，漸漸又遠去了。

賣膏藥的人肩着一支粗大的竹筒，竹筒裏放膏藥，末端套上鼓皮，邊走邊用手指敲鼓，泵泵泵泵……泵泵……泵泵泵……四拍，三拍，兩拍，有時兩拍連三拍，很有節奏感，然後便聽到他悠長的叫賣聲：「泵……泵……佬……膏……藥……」

村民也就叫他「泵泵佬」，他不光賣藥，據說還專醫奇難雜症。

賣冰條的人早上賣麵包，他頭頂的墊子承托着一大盤麵包，邊走邊用麵包夾敲擊盤邊，篤篤啪啪篤篤啪，跟着喊道：「麵呀包，新鮮熱辣，麵呀包……」可麵包夾從不夾麵包，總是用手拿。

他下午賣冰條，兩肩用布帶交叉掛着兩個大保溫桶，一個紅，一個綠，半唱半嚷：「芒—果—橙—汁—紅—豆—乒—呀—乓—雪—條……，雪—條，蓮—花—杯……」

也不知道「乒—呀—乓」是甚麼意思，只知道叫賣聲對山村孩童是極大的誘惑。

麥芽糖老人一肩用布帶背着一個大鋁箱，一肩掛着大麻包袋；鋁箱分兩格，上格放黃澄澄的麥芽糖，下格放梳打餅，麻包袋裝空罐空瓶，爛銅爛鐵。

他轉動手搖鼓，咚咚咚咚的，用平板的聲調叫道：「麥—芽—糖」，沒甚麼花巧，可孩子都聽得一清二楚，都急忙跑回家，搜索瓶罐銅鐵，跑去換拇指般大小、黏結在竹籤上的一塊麥芽糖，要是瓶罐是有牌子的，麥芽糖便夾上兩塊梳打餅。

還有吹嗩吶的賣布人，用剪刀敲打竹擔的豬腸粉佬，唱着「好—靚—衣—裳—竹」的晾衣竹販子，喊叫着「磨—鉸—剪—剷—刀」的磨刀老人，還有在晚上拿着兩塊竹片，敲出「得—得—得……」的聲音，提高嗓門喊着「雲—吞—麵」的外賣推銷人……

很多年後，山村消失了，叫賣聲猶在原地迴盪。

黃南鏡器

二〇〇二年五月

再找不到其他的時間遺址了：長樂戲院、九龍醬園、威利民餅家、益豐士多……只有聖十字架教堂以及旁邊一列通往成安街的石階猶依稀可辨。山村幾乎夷為平地了，都建了拔地而起的屋苑，我跟村口買賣舊手機的大叔聊了幾句，他說在那裏擺檔十多年，從沒聽過長樂戲院，也沒聽過甚麼馬山村。兜轉半天，累了，走到電車路，想找家茶餐廳歇歇腳，迎面看見自己走進一家老店，抬頭一看，就看見筆走龍蛇的四個大字：「黃南鏡器」。尺半見方的陽文，紅漆微微剝落，稍稍陰沉的鋪內掛滿大大小小明亮地反照着西灣河滄桑的鏡子，也反照着一對與老店廝守大半生的老夫婦沉默的身影。

一九五六年一月

父親帶着兒子在馬山村與聖十字徑村交界的一家紮作店買了草綠色的帆布書包、一些文具和一些拜祭文曲星的衣紙，然後走到電車路，往右拐，迎面就看見一個三十出頭的男子和一個背着草綠色帆布書包瘦小男孩走進一家店舖的千百面大大小小的鏡子，老店東輕撫男孩的陸軍頭，說：「五歲還是六歲？開學了？」男孩說：「過了年就五歲了。」他的陸軍頭感覺到大手掌厚繭層積的煙味，眼裏流轉着無數明亮的鏡子反照着街道兩側緩緩移動的電車、路人、街市、街渡碼頭、卸貨工人，這邊是打棉被的工場，那邊是磨豆的作坊，沿街交響着此起彼落的叫賣聲，他在鏡像裏迷失了：小小的鏡中世界原來有太多把不住的浮光掠影。

一九八三年六月

父親帶着兒子從削平了一半的山村走回大街，指着一幢高樓說：「這裏本來是石礦場，對面是船廠，小時候在剛才我們站立的懸崖可以看海，現在給這從平地升騰至半山的高樓遮擋了……」他站在電車月台上給五歲的兒子比劃從前的街景，說威利民餅家每逢中秋節在簷前搭建電動木偶戲的小舞台，說金星戲院五點半鐘的公餘場放映哪一齣尊榮和畢蘭加士打，說木器工場在魯班師傅誕有舞龍舞獅表演，說船廠龍骨下水放一整個下午鞭炮……一轉身，就看見自己和兒子從迎面的千百面明亮的鏡子走出來，二十多年前的街景彷彿都匿藏在「黃南鏡器」稍稍陰沉的角落裏，陪伴着一對中年夫婦每天十多小時把一塊塊玻璃磨得光滑，裝進木質膠質金屬質的各式框架，框住一些在店裏店外無人留意的光陰故事。

二〇〇二年五月

臨睡前給兒子發了封電郵，告訴他下午在西灣河逛了半天，問他可記得「黃南鏡器」，又說我曾向附近一個報攤的老婆婆打聽老店東的消息，可是老婆婆說：「就是這對夫婦做了幾十年，哪裏還有甚麼老店東？」

一直思疑那對老夫婦是老店東的後人，可提不起勇氣向那對沉默的老夫婦求證。

一覺醒來，接到兒子的回郵：

LODOU,

What’s up? Your story confused us a lot, I asked Stephanie what it means,she had no idea at all though her Chinese is much better than mine. Do you mean you want us coming back? I think I cannot leave until October.

Are you ok? Let me know what happened. Take care.

Andy

河谷雜志

河谷無故事

話說胡蘭成在《今生今世》寫下第一行，便暗示了一生情史：「桃花難畫，因要畫得它靜。」這桃花，明說的是他鄉下井頭的一株，暗指的倒是他的一生情債，此所謂「命帶桃花」；要畫得靜，真是很難，真有點像梅豔芳、張與友合唱的一首歌：「也許相愛很難，就難在其實雙方各有各寄望，怎麼辦？」

偶爾想起河谷歲月，禁不住套用胡蘭成的句式：河谷難寫，因要寫得它靜。有一段日子，每天早上在河谷緩步跑，看花，看樹，看鳥，看蓮池，看山，看水，看雲，看人釣魚，只是不大看時間，那時以為自己真的要退休了。

村前的小房子有簷，簷下有張藤椅，不管陰晴，都坐着一位老太太，她不大理睬旁人，旁人也不大理睬她。小房子前的空地，停了一輛老車，常年披着藍灰間條膠布——本來是淺藍，變了深藍；本來是白，變了灰色；這老車也不知道沒跑動多久了。

彷彿動也不動的老太太和久已不曾開動的老車，合該有個故事，比如藤椅面向村口，老太太在等甚麼人？等了多少年？為甚麼要等？比如老車從前是甚麼人開的？沒開多少年？

有一天在河谷散步，照舊看花，看樹，看鳥，看蓮池，看山，看水，看雲，看人釣魚，忽然接了一通電話，便退不成休了，每天上班要出城，下班要趕返河谷，不多久便受不了舟車勞頓。搬家那天，車子出了村口，回頭一看：老太太還坐在藤椅，老車還披着原封不動的藍灰間條膠布。

雙生樹前傳

搬家到河谷，是為了前院的一棵雙生樹。那時大清早起牀，便出門跑步，沿着公路來回跑，偶爾跑到河谷，回到家門前仰首，跟雙生樹說句「早晨」，它顯然比較慢熱，很cool。也不要緊，那時想，至少在這裏住上三數年，要跟它相看兩不厭，來日方長呢。

有一天走到河谷，見一村舍，上有一九六五字樣，大約是建成的年份吧，忽然覺得面善，於是嘗試繞過河谷邊緣，從後村繞道回家。阡陌迂迴，群犬亂吠，依稀記得甚麼時候曾走過這條路。走了好一會兒，認不得路，折返，迷了途，仰首尋找梧桐寨——家居就在梧桐寨四點鐘（東南偏南）附近——找到坐標了，前行不到五分鐘，右拐，那棵雙生樹就在眼前不遠處。

那時想：年輕時，比方說三十年前，遠足大概曾走過這條路，那麼，跟雙生樹可能是失散了三十年的君子之交呢。它cool，也許是在生氣，三十年不相往來，未免有點始亂終棄——這是feel到的。

跑步完畢，洗了個澡，喜歡坐在大窗前喝咖啡，這時雙生樹在左邊。有時在書房翻書，倦了，望出窗外也見到雙生樹，這時它在右邊。每天起牀，拉開窗簾，雙生樹就在前面吸盡東南偏東的赤烈陽光。

每天從不同角度看樹，看了一段時日，它還是很cool，彷彿不大顧念半輩子的前緣。也不要緊，一天生，一年熟，來日方長。它cool，也許還在氣，找個機會哄哄它，讓它知道故人是有誠意的，它「詐型」詐夠了就好——這也是feel到的。

一段日子之後終於相安無事了。跟它也不多言語，算是心照不宣吧。庭前讀書寫字喝咖啡，這雙生樹回復溫順本性，暑日搖風，雨天打傘，相處漸覺簡約靜好。

然後恢復上班了，每天花三小時來回，如是者三四個月，略覺無奈，有一天決定要搬家了。每回相見，總想找個機會交代兩句，可不知從何說起，心想反正尚有來日，便別過頭佯作看山，匆匆走過裝作趕路，倒不知它意會了沒有。

雙生樹後記

祠堂後面有一棵雙生樹，枝幹交纏，連體而生，兩樹交頸恍如一樹，約有七八層樓高吧，相對於四野僅高三層的村屋，無疑是村內高瞻遠矚的一對「高妹」了。

也不知道「高妹」有多大年紀，只記得跟她們有過恍如隔世的前緣，年代久遠卻歷歷在目，那時念初中，有一回與同學遠足，迷了路，一個人見路就走，誤闖此間，頓時如入幽谷，驟覺心境靜好，遍體清涼，抬頭便跟這雙生樹打了個照面。

沒想到事隔四十年，兜轉半生，有一天會住在雙生樹下。心想，當年雙生樹種在祠堂後面的一塊空地，大概與風水相關，可一直沒興趣去打聽。要是憑記憶繪圖，大約可畫出一個這樣的九宮格——

從中心點看，雙生樹位處九宮格的正中一格，正東是我家，正南是祠堂，其餘六格是六間村屋，雙生樹枝繁葉茂，樹冠廣伸，彷彿一柄巨大的保護傘，這些年來庇蔭八方，為八個角落的房舍經營一片祥和靜好的洞天福地。

要是換個角度看，祠堂和七間村屋猶如井欄，剛好為正中的水井遮擋驕陽風雨，於是雙生樹的地基和樹身都長滿了深綠色的苔蘚，潤澤如玉，即使烈日當空，樹下的八方房舍也感到陣陣沁涼。

這雙生樹棲居了一群晝伏夜出的蝠鼠，傍晚時分，在炊煙與暮靄裏但見漫天蠕動的黑點，可牠們也不擾人，只是村民每天起來，都得打掃前院後院的黑色糞粒，然則「蝠」者「福」也，據說牠們也吃掉不少蚊蚋，由是各取所需，歷來相安無事。

橋與逝水

河谷從前有糧倉之稱，七百年來，廿六條村沿河道生聚繁衍，墾地開田，故此多橋。據《大埔風物志》載，水窩村有長春橋，建於一九二〇年；大刀屻山徑旁有長安橋，建於一九二二年；白牛石有仁壽橋，建於一九二三年；好在這三條橋的橋碑尚在，堪作歲月見證。

這條小橋都不大起眼，大概連橋畔人家也不大知道它們的歷史，橋如樹，天天經過便習以為常，也不一定有閒情追溯橋和樹的身世吧。

橋亦如村中書室遺址（諸如善慶書室、玉蘭書室、敬羅家塾），村民日出而作，日入而息，也大多不知道橋和書室的由來。

歲月如橋下逝水，不捨晝夜，一去不回，出了河谷，過了梅樹坑，便見廣福橋。

這橋建於光緒二十二年（一八九六年），《大埔風物志》載，當年組七約，建太和市，兩地被河水阻隔，往來不便，泰亨約文湛泉倡議，集合七約仕紳捐金，建成此橋。橋上風物也一如橋下逝水奔流入海了，如今橋畔是屋苑，是火車站，是另一番人世了。

最悲涼的是位於松仔園的怒水橋，橫跨怒水坑，橋畔有碑，刻有〈怒水橋洪流肇禍記〉，記述一九五五年八月二十八日盛暑，遊人眾多，洪流突至，二十八位郊遊至此的師生遭山洪沖走，葬身洪濤；鄉民在橋側立碑，提醒來者「知所慎戒」。

半個世紀前的慘劇，思之惘然。

兩池睡蓮

清明過後，河谷那兩池睡蓮大概已開得非常燦爛了，每次想動身歸去探望，總是有這樣那樣的瑣務纏身，總告訴自己，不用焦急，下個星期吧。如是者便過了三四個星期，睡蓮在等，人也在等，等待着的，信是緣分。

一池在梧桐寨山下的萬德苑，從村口走二十分鐘左右，經過一條村子，幾畝菜田果園，額角微微冒汗，忽爾感到一陣草木幽涼，便到了。

進去喝口香茶，偶聽木魚清磬，心裏素淨了便好，那才緩步登上小崗，走了一半，但見紫得素且媚的睡蓮在池裏亭亭玉立，便倚在石欄杆，招呼也不用打，要靜，靜才聽得見洗濯紫蓮的淙淙水韻，才聽得見，朵朵輕似纖塵的漣漪，涓涓流淌着去年留下的心跳。

一池在許願樹不遠處的一戶人家，入村走三四分鐘，拐左，再走三四分鐘，便見小屋花園旁邊有一方魚池，映照滿懷樹影，水色更覺鬱綠，在水中央，便是素白和嫩紅的睡蓮，最好是黃昏，薄薄的暮靄斜陽，照得滿池慵倦，照出散淡的暖意……

看久了，便看出似曾相識的煙水蒼茫，在哪裏見過呢？要不是在莫奈的畫冊，就是在莫奈的故居，大概沒有別的甚麼地方，可以找到如斯動人的睡蓮了。

一處是修心養性之所，睡蓮給山水清音洗滌出一身艷紫，艷得教人神魂不定，紫得教人心事重重；一處是尋常巷陌，紅塵俗世裏的素白是驚艷，那才容得下人間閒雜的色相，嫩紅也是驚艷，那才教沆瀣瘴癘無所遁形。

去年今日，在池畔看花之餘，也靜觀魚水之樂，難得皆有「魚在在藻，依於其蒲」的雋永清嘉。

不覺又勞碌一年，告訴自己，是時候歸去了，告訴自己，下個星期吧。於是睡蓮在等，人也在等，等待着的，信是緣分。

總把流光誤

在河谷東北偏東約一箭之遙，有古村叫大埔頭村，村內有祠堂叫敬羅家塾，據說始建於明代，有近四百年歷史（另有一說，相傳建於清代，以紀念鄧氏第十代先人敬羅公）；這是一座三進兩院式古建築，走進門樓，走過天井，便走到正廳，名為流光堂。

流光堂三個字書於正中橫額，是正宗的金漆招牌，出自辛亥革命家胡漢民手筆，一副楹聯由廣東書法名家鄧爾雅題字：「流達西東源來吉水」，「光昭日月績着雲臺」，上聯概括了江西吉水鄧氏南遷此地，歷盡幾個世紀的滄桑，下聯則高度讚頌古村生聚繁衍、興學育才的里弄文明。

流光堂這三個字的書卷氣真教人喜歡。這裏從前是一所「卜卜齋」，而鄧氏又是書香世代，流光兩字彷彿信手拈來，一詞多義，說來頗有集英聚賢、兼收並蓄之意，真是盡得風流了。

「流光」一詞很古雅，含義也一若光之流動那麼變化多端；《後漢書‧左雄傳》說：「流光垂祚，永世不刊」，這是流傳後世的德澤；曹植〈七哀詩〉說：「明月照高樓，流光正徘徊」，這是流動不息的光彩；李白〈古風〉第十一首說：「逝川與流光，飄忽不相待」，這是飄忽無定、逝者如斯的光陰。

家塾的讀書聲遠去了，祠堂的香火疏淡了，流光堂所在的敬羅家塾幾經毀壞，幾經修建，雖列「法定歷史建築」，已無復盛時了，彷彿應了《儒林外史》第一回那一句「功名富貴無憑據，費盡心情，總把流光誤」。

星火地圖

入秋以後，每逢周末和假期，本來簡靜無事的河谷便躁動起來了。閉上眼睛，用鼻子和耳朵去感受吧——每一個角落都在生火，都在冒煙，都在飄散着陣陣肉香和笑語，白天如是，夜後更甚。

河谷的秋日真好，好在有一份城裏罕見的人情味，天氣還沒涼透，城裏的親友戚友便一批一批的來了，河谷便流動着一股不尋常的「氣」，教樹影花影水色天色都暖了些，蟲聲鳥鳴犬吠貓叫都沉了些，風輕柔了些，雲舒放了些，人也開朗了些……

要在河谷住上好一段日子，才漸漸明白，那「氣」，其實是「人氣」。

秋日的河谷總不愁寂寞，那股「人氣」白天聚結於山巔水湄，走入群山，可以看瀑布，攀石澗，林中觀鳥，池畔觀魚，做一會兒業餘旅行家；走進農莊，可以翻土、施肥、播種、灌溉，種瓜、種豆、種菜，做一會兒假日農夫；走進寺廟，可以參悟、拜神、祈福，做一會兒善信。

也可以到溪邊池畔散步，看人摸蝦釣魚，也可以甚麼也不做，坐在前院發獃，倦了便呷一口茶。

如是者一個下午溜走了，村舍的庭院和天台在黃昏之前已炊煙四起，肉香與菜香四溢，都憋不住了，都在開爐、添炭、搧風，點火，整個河谷彷彿在燃燒，火愈燒愈旺，肉和菜愈燒愈香……

入黑之後，便升起一盞兩盞三盞孔明燈，要是從孔明燈的角度俯看人間，大概會看見河谷密集的篝火有若星羅棋佈，恰似一片倒懸的星空，一幅正在燃燒的星火地圖。

大遷徙

話說粵北南雄有一條梅關古道，唐代以降，乃南北交通要塞，當地有一條珠璣巷，歷來聚居了大批逃避戰禍的南遷氏族，其中有鄧氏，據考分別來自江西、福建和金陵。北宋中葉，有來自江西吉水的鄧氏，從珠璣巷移居錦田，其後開枝散葉，數百年間先後分流至屏山、廈村、龍躍頭、大埔頭（水圍）……

也有另一說，指出客居珠璣巷的鄧氏先祖原籍河南，後因戰亂，一再大舉移民，其中一支逃難至江西，再從江西南遷至珠璣巷，又從珠璣巷流散到珠三角地區及本港新界各地，如此這般的顛沛流離，經歷了凡九百年的家族大遷徙，說來真是可歌可泣了。

廣州、珠三角地區及本港居民的祖先，都曾客居珠璣巷，這條古巷被喻為嶺南文化形成與發展的活化石，有「嶺南第一巷」之稱；《廣東通志》載：「相傳廣州諸旺族俱發源於此」，屈大均在《廣東新語》亦有相近說法：「吾廣故家望族，其多從南雄珠璣巷而來。」

錦田鄧氏的始祖為鄧符協，乃北宋熙寧二年（一〇六九年）進士。鄧符協率族人在錦田建村墾地，生聚繁衍，熙寧八年（一〇七五年）創辦力瀛書院，乃香港有史可稽的第一間學校，開本港圍村辦學的風氣之先，書院學子歷來在科舉考得不少功名。

據香港史家羅香林考據，力瀛書院的創辦時間，比廣州的着名書舍如番山書院、禺山書院還要早；更重要的是，它開創了本港圍村的辦學風氣，其後乃有鏡蓉書室、述善書室、敬羅家塾……

魚在在藻

河谷住了一戶人家，在屋前挖了個小池塘，堆假山，築小橋，養魚，種水藻，種睡蓮，淡雅簡靜，一派與世無爭。閒時愛在池畔散步，偶爾靜觀「魚在藻」的唐人詩境，迷失於略帶禪味的小世界，便不想回到紛亂塵世了。

話說加拿大詩人布洛克（Michael Bullock）初次讀到《詩經・小雅・魚藻之什》的英譯本，驚嘆於「魚在在藻，依于其蒲」的清澈詩境，他的作品不自覺地深受影響，他其後知道水底的魚噪與陸地的鎬京是兩個平行的世界，聲稱那是他文與創作的原型意象。

有一段日子，養了一缸熱帶魚，晚上關了燈，靜觀魚兒在水藻間優游自在，水影和魚影在斗室的四壁迂迴流瀉，人也彷彿與魚共舞了。

說來唐詩每多魚藻之歡，比如白居易有自況詩，題為〈逸老〉：「飄若雲信風，樂於魚在藻」，另有一詩題為〈夢得相過援琴命酒因彈秋思偶詠所懷兼寄繼之待價二相府〉，也有「雙鳳棲梧魚在藻，飛沉隨分各逍遙」兩句，都很隨意自在。

唐代有一位監察御史，名叫李乂，《新唐書》說此人「字尚真，趙州房子人。少孤。年十二，工屬文」，直諫憂民之餘，猶有閒情寫詩，他在〈興慶池侍宴應制〉說：「潭魚在藻供遊詠，穀鳥含櫻入賦歌。」

張九齡的〈南還湘水言懷〉說：「魚意思在藻，鹿心懷食苹。」

盧綸的〈春日山中憶崔峒吉中孚〉說：「泉急魚依藻，花繁鳥近人。」

魚藻之美，彷彿滌盡紅塵，有個隱約的聲音在說：「子非我，安知我不知魚之樂？」

箕勒仔・紐芬蘭橋

話說英國人早年為新界編製地圖，採集地名時實地考察，地名大多憑耳聞鄉音再以英語拼音記錄，拼音地名輾轉中譯，有些譯者用字較為典雅，有些刻意土俗化，故此一地多稱，是常有的事；河谷的大靠山名叫大刀刃，在一些地圖和掌故被稱為大頭羊，就是其中一個「美麗的錯誤」。

大刀刃山徑曲迴，崖坡陡直，山脊薄如刀刃，故名。登大刀刃，可縱目千里，錦田、大埔、粉嶺盡在足下，當中有一座小山，名叫箕勒仔；有一座石墩橋，名叫紐芬蘭橋；這兩個名稱都頗為古怪，一土一洋，真是相映成趣。

箕勒仔好像沒有別名，也不知道「仔」是不是「寨」的音誤；「寨」即建於山崗的村莊，如「梧桐寨」、「城寨」；「仔」是細小的地方，如「香港仔」、「田夫仔」、「新寮仔」；反正走到箕勒仔，走過百餘級石板階梯，過了春暉亭、萬壽亭，登上小崗，眼底便是粉嶺的墟市了。

也不知道紐芬蘭橋這名字的由來，只隱約感到這洋名大抵別有寓意，那是指一塊「新發現的土地」（Newfoundland）吧，鄉野地方有一條用上洋名的橋，意思大抵就是過了此橋便另有一番風光。

好在也不一定要考據甚麼，反正過了畫眉山、蕉徑，便到達紐芬蘭橋了，過了橋往前走，便見龍潭古廟和大羅天坳，如此說來，這紐芬蘭橋就是貫通洞天福地的棧道。

露天盛宴

祠堂前面，有一大塊低陷了兩三呎的長方形曬場，三邊築了石壆，一邊有四五級石階，通向祠堂的大門；這曬場遠看像個游泳池：白天曬菜乾鹹魚衣服被鋪，可陽光太猛了，總是悄靜無人；黃昏以後，村民吃過晚飯，都愛坐在石壆上聊天，昏燈暗影裏彷彿就是沒穿泳衣的泳客。

每逢節日，這曬場便有一整天熱鬧。

辦事人大清早便忙個不休，有人掛上大紅燈籠，有人搬來奶白色的塑料圓桌和椅子，有人鋪上對摺式木桌板，再鋪上紅艷艷的枱布，未到中午，便給空曠的曬場填滿了教人眼前為之一亮的幾何圖形，好一大片耀目的紅色圓形圖案，儼然是個向八方開敞的露天禮堂了。

辦事人站在石壆上打量這臨時禮堂，指指點點，有村民路過，停步張望，他總是微笑着說：「今晚早些到，飲多杯……」不多久，祠堂便傳來了陣陣菜香和肉香，香味與炊煙擴散開去，漸漸瀰漫於整個河谷，有若召集的信號。

黃昏過後，有人敲鑼打鼓，有人到祠堂上香，然後燈火亮了，曬場染了一片教人心跳的紅暈，工作人員端來了一個又一個的大瓦盆，放在紅桌布的中央，盆裏有雞有魚，有燒肉燒鴨，有豬皮蘿蔔，有蠔豉鮮蝦，有筍有菜……

都給紅艷艷的燈火與鬧哄哄的笑語烤烘得鮮美無比，任誰稍瞟一眼，便不禁嚥一口涎沫。

都回到河谷了，都坐好了，都起筷了，都划拳鬧酒了，都說要多些回家，然後，都期待着下一場盛宴，快樂而略帶惆悵，陸續散去了。

快樂亭・梅樹坑

有一回看畫家余國康彩筆下的林村河谷和梅樹坑，但覺田疇秀朗，風光明麗，簡直就是一片告別紅塵的人間樂土，教人看一眼便不禁打從心底喜歡。也不知道梅樹坑有沒有梅樹，只是想起，家住河谷的那段日子，常常到梅樹坑散步。

梅樹坑倒是個散步的好地方。話說林村河由西向北蜿蜒而下，在水圍附近拐了個彎，再由北向東流出吐露港，河水拐彎處名叫水圍，水流由急轉緩，過了濾水廠，便是梅樹坑了。

走這麼一段路是好的，途中有避雨亭，喚作快樂亭，不管有雨無雨，進去坐一會兒吧，安靜就好，安靜才有餘地讓人感悟快樂的底蘊。

有個女孩子在快樂亭跟男朋友分手，便寫了篇短文，叫〈分手快樂〉，當中引了歌詞：「分手快樂，祝你快樂／你可以找到更好的」，「分手快樂，請你快樂／揮別錯的才能和對的相逢」。

過了快樂亭便是水靜花閒的梅樹坑，山是小山，水是小水，散半天步，真是清嘉雋逸，那才明白「蟬噪林愈靜，鳥鳴山更幽」的道理。

鳥不多，魚也不多，倒不必介意，好在樹木多，花草也多，眼前好一片潤綠和青鬱、淡紫和嫩黃，走那麼一會兒，心便安靜下來了，尤其是時屆初秋，光影別有韻味，這小地方的秋色由明淨漸變濃郁，這才教人明白，安靜而微小的快樂原來就是這麼簡單。

秋日的藍天

初秋時分，河谷的天空很藍，藍得很簡靜，很秀朗。鄰居的大叔路過，跟他打個招呼，一起在前院喝茶，聊了幾句，抬頭便跟藍天相看兩不厭，看着看着，便想起里爾克（Rainer Maria Rilke）的詩境：「眼睛的事情已經完了……／從此刻起，心靈開始工作了／詞語在心底醞釀書寫」。

大叔問：「看甚麼？」便呷口茶，說：「這天空藍得那麼靜好，不是很好看嗎？」大叔說：「不藍不藍，那麼灰，不乾不淨，從前可不是這樣子的……」

他說他在河谷出生，這秋日的藍天看了大半生，老覺得一年不如一年：「當我還是小孩子的時候，那湛藍的天色像湖水那麼美麗呢……」

對城市人來說，天色像湖水般湛藍倒是不可想像的事情了。

城市的天空是沒有季節的，在群廈之間只見到灰濛濛的一小角，不管是陰天晴天，也不管有雲無雲，都看不出絲毫藍色的美好感覺，所以住在河谷的日子特別愛看藍天，尤其是在初秋時分，邊看邊想：為甚麼這高曠的藍天會藍得那麼迷人？沒想到在土生土長的大叔眼中，這藍天是完全不合格的。

河谷的藍天有如德彪西（Claude Debussy）、華格納（Wilhelm R. Wagne）流水行雲似的小曲，有如莫奈（Claude Monet）、畢沙羅（Camille Pissarro）的印象派繪畫，初遇時總覺得有一份「青青的陌生，美好的驚」。

古渡頭

大埔三面環山，一面瀕海，古時陸路交通不便，故此沿海有好一些年代久遠的碼頭

——清代兩個版本的《新安縣志》，俱有渡船開往「大步頭」的記載。大步頭即大埔頭

——據說古代此地曾有猛虎出沒，行旅路過，均不期然大步急走，故稱大步。

話說靳文謨於康熙二十六年（一六八七年）就任新安知縣，次年編修《新安縣志》，當中有條目說：「烏溪沙渡，自烏溪沙往大步頭，渡一隻，原承餉銀四錢」。這古渡頭早因填海而湮沒了，要是留存至今，算來已是三百多歲了。

嘉慶二十四年（一八一九年），王崇熙重修《新安縣志》，當中有新增條目：「瀝源渡，自瀝源往大步頭，渡一隻，原承餉銀四錢」。兩個版本相距凡一百三十一年，可見大埔的古渡頭一直在見證歲月滄桑。

九廣鐵路通車初期，沿線只有油麻地、沙田、大埔及粉嶺四站，大埔站其後易名為大埔滘站，以區分新增的大埔墟站；大埔滘有碼頭，位於火車站側，當年是大埔往來大鵬灣的交通樞紐。

從前要到烏溪沙和馬鞍山郊遊，可在大埔滘乘搭街渡；也有街渡定期開往東平洲、塔門、較流灣、赤徑、荔枝莊、深涌、十四鄉、船灣等地，這些碼頭要不是因填海而移離海岸，就是沉沒於人工湖底，說來真有「誰更懷韜術，追思古渡頭」之嘆了。

滄桑河谷

要是感到浮躁，若有所失，不如回到河谷散半天步吧。要是經過從前的住處，便停下來看看：鐵門上了新漆，籬邊翻了新土，雙生樹還是很冷傲，很不吃人間煙火，房子換了淡紫色的碎花窗簾，背光的花紋隱約游移着微風吹拂的葉影，偶爾閃了閃的，是細細碎碎的陽光。

河谷靜好，一段鬱綠一段花白，一段紫艷一段嫩黃，一段翳熱一段清涼，一段山嵐一段溪聲，非常印象主義的風景，夢境一樣的光影聲色，曾幾何時是日常生活，才分別了不到一年，都變得陌生起來了。

迎面有人點了點頭，說「好久不見了」，便虛應了一句「早就搬了」，可一直想不起那人是誰。

也許走了半天也找不着蓮池，只見幾處泥色新淨的土堆，心裏納悶：難道蓮池被填平了？

也許找不着開遍紫籐的那戶人家，只聞兩三頭狗兒吠了好幾聲，彷彿吠得很動氣，怕已認不得這故人了，一如故人在新淨的圍牆前迷途，心想：從前到過這地方嗎？

要是走上山崗，看看河谷的前世今生吧：這鬱綠而遍佈傷痕的河谷三面環山，一面是河口，很多年前，河水彎彎曲曲的穿過一畦一畦的綠色田野，穿過疏疏落落的村舍，便打從谷口出走，直奔吐露港那麼去了。

其後田野都變成了村莊，再變成了屋苑，散佈在彎彎曲曲的公路兩旁，而河道呢，早就隱退於一角了。

這大概就叫做滄桑吧，滄桑得那麼篙靜，那麼若無其事，那就很好。

村裏的人大多不種田了，每天還是日出而作，日入而息，都得從彎彎曲曲的公路輾轉出去城裏上班，下班又得從城裏輾轉經由彎彎曲曲的公路回家，日久便覺這輾轉的出出入入不免磨人，於是便搬走了，然後有人搬來了——這樣的遷徙史，也叫滄桑。

灣仔：剁椒大魚頭

約也斯在灣仔吃晚飯，在電郵跟他說：最政治正確的選擇大概是龍門大酒樓。也斯回郵說：除了政治正確，在甚麼地方吃都可以。

於是便一起政治不正確，在灣仔吃了一頓杭州菜，最難忘的是剁椒大魚頭，倒懷疑那是不是正宗杭州菜，要是在杭州樓外樓，大概只可以吃到西湖糖醋魚和宋嫂魚羹，不大可能吃到剁椒大魚頭——老派據說看不慣新派，都說「瞎搞」，糟蹋了杭州菜。

可是如今吃的都是「改良版」——新派杭州菜不拘一格，可不管門派。剁椒大魚頭也許不是傳統淮揚菜，可食客都是味覺（及視覺）主義者，舌頭和眼睛特別政治不正確。

也弄不清楚那是不是灣仔的性格，只是覺得，在灣仔吃飯，從來都不是詹明信（F. Jameson）所說的「懷舊裝飾」（nostalgia-deco），或阿柏杜雷（Arjun Appadurai）所說的「政治懷舊」（nostalgia of politics）。

灣仔的報館（星島日報、工商日報、香港時報、香港夜報、大公報、文匯報、晶報……）、戲院（麗都、國民、東城、紐約、國泰、東方、京都、南洋……）、書店（南天、波文、創作、一山、森記、三益、青文……）都搬走了，或永遠消失了，吃飯的地方不可能不變。

只是「地方」隨人群而流動，總是留下了記憶，走過天樂里，便想起那兒曾經有過一間老餐館，像波士頓餐廳那麼老，叫積臣餐廳，叔父在那裏當廚師，有一回跟我們去吃洛克道的大排檔，經過同德大押，把手表押了。

很多年後，跟叔父失去聯絡，有一天在青文書屋附近的橫街遇見，才知道他住在青文樓上的天台。

《大拇指》有一段日子借用蔡浩泉位於譚臣道的製作公司，那時跟黃襄、俞風常到榮華喝茶；漸漸想起，體育記者經常在廈門街宵夜，在龍門開會，年輕的體記在那裏鬧了一場小小的革命……

也斯赴美讀書前夕，跟他在創作書屋對面的茶餐廳道別，他回港後，我們替田園書屋編書，稿件在同一家茶餐廳交收，但店名早就改了……

於是便想：灣仔的記憶也許就是一盤剁椒大魚頭，顏色鮮艷但政治不正確，味道是鮮美的，可不一定很道地。

無盡旅程：到處與無處

一

大約半世紀前，年輕的蘇珊・桑塔（Suson Soutag）寫了一個短篇，叫做〈到中國遊歷的計劃〉（*Project for a trip to China*）。

她說：我將會到中國去。我會走過在香港與中國之間的深圳河上的羅湖橋。她說：唸一年級的時候我對同學說我在中國出生。到中國去是否有若再生？到中國去是否有若到月球去？

年輕的蘇珊・桑塔繼續說：十歲那一年，我在後園挖了一個六呎深寬六呎長的洞穴，女僕見了就說，你在幹甚麼？挖一條到中國去的地道？

她說：我對智慧感興趣。我對圍牆感興趣。中國兩者都馳名。可是智慧變得簡化了，變得實用了。

她說：周恩來還是像泰倫鮑華（Tyrone Power）那麼瘦削，那麼俊朗，但毛澤東看來像幽暗燈影下的肥佛像了。

中國對六十年代的美國文化人來說，是一個美麗又神秘的隱喻，蘇珊・桑塔其時沒有到過中國，她只是想寫一點她所認識和渴望認識的中國。

她當然不知道，事隔二十多三十年，一個在香港出生的中國人移民到美國（多半是由於中國感到失望，或者還有一點恐懼），有一天讀到這樣的一篇關於中國的（想像的、隱喻的）小說，竟然還約略感到有點震憾：原來中國曾經是這樣的：遙遠、神秘、愚昧，無處不在，所以教人嚮往。

也許，美國對這個中國人來說也只是一個隱喻。薩義德（Edward Said）在《旅遊原理》（*Travelling Theory*）中說：從一個地方去到另一個地方，一方面是生命裏的事實，另一方面卻是一種智性活動。

是的，那是一種智性的活動，不以所見所聞為最終詮釋，對新時間、新空間的新思考，才是遊歷的智性所在。

二

蘇珊・桑塔的小說稱為a trip to China，a trip的意思也許是遊歷，也許是錯失，同時還有迷幻自己以釋放重壓的相關意指。

一個中國人來到美國，來到新英格蘭，在大西洋這邊逛書店，讀一點書，到處閒逛，思前想後，也是a trip。

蘇珊・桑塔總是這樣設想一段遊歷的過程——走得太快，就注定孤單，走得慢些，旅程可不會在這世上消失。是這樣的，走得太快，就看不見任何事物了。

那麼，還是慢下來，用眼睛去看，用心去感覺，用鼻子去聞，用耳朵去聽，用手去觸摸。

她也許會這樣建議——「到處」（everywhere）極可能是「無處」（no where）的同義詞。

她總是這樣看世界：走到陸地的盡頭？但還有河、還有海。

她說：世界的盡頭？對不起，如果以為世界有盡頭，歐洲人就不可能發現新大陸。是的，世界沒有盡頭，但生命有。無論走得多快，生命依然有盡頭。當然，走得慢些，只是生命的感覺（而不是生命本身）的延長。

旅途上總有很多陌生的事物好看——但無論怎樣看，都不可能用眼睛把路上景物者帶回家，帶回家的並不是事本身，而是事物的記憶。

一段想像的旅程快要開始了，帶備了所有東西沒有？

蘇珊・桑塔大概會告訴你：有一些東西，即使你流浪一生，也許都不會用得着的。旅程合該輕省些。無論花多大氣力，都不可能把房子裏的所有東西放進行囊。

好好的用腦袋去放一次假，那是額外的一次，在地下鐵、在辦公室、在洗手間、在床上、在一次散步，在一次瞌睡，走得極可能緩慢，因為已經走得太累了——讀一會兒書，然後打一個呵欠——旅程無盡，在一次和另一次之間……

癩蝦蟆之死

一

原來癩蝦蟆都死光了。然後，會是貓嗎？

電視新聞說，德國呂根島（Ruegen）的一隻貓死了，牠極可能是史上第一隻禽流貓——這貓太饞嘴了，或是吃了染有H5N1病毒的鳥兒。

專家呼籲，將貓兒留在家裏吧，那是風險管理嘛，貓不出戶，便減低了染疫的風險。邊看邊替貓捏一把汗，還好，只是隔離，還不用像殺鳥那樣殺貓。

在澳門也跟鄭愁予先生一起見識了被隔離的大白貓，是一對雙胞胎貓兄妹呢，要到四月才滿一周歲。

牠們被囚禁在觀光塔的玻璃罩內，睡一會兒懶覺，翻個身便嚼塑料棒和木製的骨頭，也不管貼在玻璃罩前伸出V字手勢的身影，以及閃個不停的鎂光燈。

鄭愁予先生看了一會，便說：「哎呀，餓壞了，太可憐啦我的虎孫子虎孫女……」那是一對孟加拉種白老虎，可從沒見過曠野，自出娘胎便活在空調的石屎森林。

管理員說：「不能讓牠們吃太多，一天只能吃一頓，不然很快便長大了，這玻璃可擋不住牠們，那就危險了。」

原來也是風險管理，可鄭愁予先生沒法明白這不讓吃不讓長大以減少風險的邏輯，只好喃喃地說：「唉，難怪癩蝦蟆都死光了。」

囚禁在玻璃罩的一對小白虎大概不會感染H5N1病毒吧？讓牠們近親繁殖以免滅種，生活在鋼筋水泥城市以忘掉野性，每天只能吃一頓以免長大得太快，原來都是萬物之靈的風險管理。

但誰都不大管理癩蝦蟆的風險，鄭愁予先生說：「忘了告訴你一個笑話，癩蝦蟆都死光了，只怪牠們想吃天鵝肉……」

那是詛咒，《紅樓夢》第十一回說：「平兒說道：癩蝦蟆想吃天鵝肉，沒人倫的混帳東西，起這樣念頭，叫他不得好死！」牠只是想想罷了，一想便死，這天鵝的H5N1也真夠歹毒了。

二

想吃天鵝肉的癩蝦蟆，不給H5N1毒死，也給小說家罵死了。

《天龍八部》有兩隻癩蝦蟆，都為王語嫣這美麗的天鵝顛倒——一隻是虛竹，包不同罵他：「我跟你說，王姑娘是我家慕容公子的人，你癩蝦蟆莫想吃天鵝肉，乘早收了歹心的好！」

另一隻是段譽，他與虛竹「情長計短」，借酒澆愁之際說：「王姑娘那時瞧她表哥的眼神臉色，真是深情款款，既仰慕，又愛憐，我……我段譽，當真不過是一隻癩蝦蟆罷了。」

小說家罵癩蝦蟆罵得花樣百出，《醒世恆言》卷九：柳氏哭罵患病的女婿：「我女兒……為什忙忙的九歲上就許了人家？如今卻怎麼好？索性那癩蝦蟆死了，也出脫了我女兒，如今死不死，活不活，女孩兒看看年紀長成，嫁又嫁他的不得，賴又賴他的不得。」

還有「拇指姑娘」多災多難，也曾被癩蝦蟆偷了回家，險些做了癩蝦蟆的老婆。詩人稱牠為蟾蜍，還寫詩讚美牠，李白〈古朗月行〉說「蟾蜍蝕圓影，大明夜已殘」，元好問〈蟾池〉說「小蟾徐行腹如鼓，大蟾張頤怒於虎」。

《詩經・邶風・新台》說「魚網之設，鴻則離（罹）之」，據聞一多音韻學考證，鴻，「實蟾蜍之異名」，「鴻」也是「公」的諧音——那是說，設了魚網，卻只捉到一隻癩蝦蟆，戲謔之餘，倒不失溫柔敦厚。

英國詩人拉金（Philip Larkin）也有蟾蜍（*Toads*）詩：

> 我為甚麼要讓蟾蜍的工作
> 蹲踞在我的日子上……

啊，但願我有足夠的勇氣
大喊「去你的退休金！」
…………
就是這玩意兒
始能製造出夢來。

蹲在日子上的，管牠叫癩蝦蟆還是蟾蜍，都教中產中年因捨不得退休金而放棄了夢想，為癩蝦蟆呼冤之餘，恐怕也得要想過辦法拯救無夢的自己。

粉紅色襯衣

吃過了晚飯，已經是晚上九時過後，鄭愁予先生說翌日要演說，想買一件可結領帶的襯衣，也想乘搭天星小輪渡海。

想了想，便跟他說沒問題，於是一起從九龍塘乘火車到尖沙嘴，服裝店都還沒關門，可走遍了大街小巷，問了一家又一家，都找不到他想要的硬領襯衣。

快到晚上十時了，邊走邊閒聊，走累了的鄭愁予先生忽然說：「你的衣服在哪裏買的？」他大概也發覺，此人對買衣服這回事，顯然並不在行。

也不好直說，便虛應了一兩句，說也不常買，買來也很隨意。原來滿街都是服裝連鎖店，賣的大都是年輕人的便服，襯衣是有的，可衣領都是軟的，沒有硬的。

後來走到加連威老道，找到一家較老派的，襯衣款式也不少，白的黃的淺藍的深藍的粉紅的條子的格子的都有，鄭愁予先生左挑右選，將一件粉紅色的貼在胸前問：「這件還好吧？」

還來不及反應，他已頻說還不錯還不錯，便買了。

在天星小輪上，問他累不累？鄭愁予先生說累是有點累，可這迷麗的海港夜景好得像一首抒情詩，教人忘掉勞累。

他說有一條紅色暗花的領帶，配粉紅色襯衣很不錯。

他說第一次經過香港是十六歲那一年，隨父親從內地乘船到台灣，忽然心裏有股衝動，很想跳船回去，因為有捨不得的人呢。

鄭愁予先生不愧是詩人，閒聊也滿有詩意，他說有時人生和詩一樣，含蓄朦朧一點就好。

末了，他有意無意地抖出一句：「我的妻子也愛給我買衣服，難得有機會自己去買一件，就專挑不一般的；可她不在身邊，要買衣服，也真的是有點不習慣呢……」

這話大概話中有話，說給他自己聽，也說給買衣服不在行的人聽，話語如詩，閒閒散散便說得很體貼窩心。

勿讓日出的黃音驚擾這塵寰

一

電視重播《蘇菲的抉擇》（Sophie's Choice），有些片段印象極深刻：一名英語教師在課堂上誦讀了一首詩，然後對學生說：多美妙的聲音，終有一天你們會用英語做夢。梅麗史翠普（Meryl Streep）飾演的波蘭移民蘇菲問同學：那是誰的詩？同學答道：Emily Dickinson。

瘦得像個稻草人的蘇菲跑到圖書館，用不純正的英語對管理員說：我想借一本Emile Dickens的詩集。她是十九世紀的美國女詩人，她補充說。

管理員答得很傲慢：你可次到那邊按目錄尋找，但你可能永遠找不着，因為沒有一個叫Emile Dickens的美國詩人，只有一位名叫Charles Dickens的英國作家。

瘦弱的蘇菲其後暈倒了，醒來躺在床上，是一位名叫彌敦（Nathan）的生物學家救了她，給她買來了大蔥、番茄，他說，這些蔬菜含豐富鐵質，可以讓蘇菲蒼白的臉恢復血色。

他還給她帶來了一本艾米莉・狄瑾蓀（Emily Dickinson）的詩集。生物學家坐在蘇菲的病榻上，翻開詩集，給蘇菲朗讀了一首，第一句是Ample make this bed。

十多年前在電影院看這部片子，很想知道英語教師和生物學家所朗讀的，是狄瑾蓀的哪一首詩。

電視的好處是可以在家裏看，錄了下來，重複放映一些片段，這一回，以朗讀的聲音對照詩集的文字，終於弄清楚生物學家朗讀的那首詩了：

Ample make this bed ——（這床造得很寬敞）
Make this bed with awe ——（以敬畏來造這床）
In it wait till Judgment break（在那裏等待審判日來臨）
Excellent and fair.（卓越而公正）

Be its mattress straight ——（它的墊褥挺直）
Be its pillow round ——（它的枕頭圓渾）
Let no sunrise' yellow noise（勿讓日出的黃音）
Interrupt this ground ——（驚擾這塵寰）

這首詩最後成了蘇菲和彌敦的輓歌，他們躺在床上，安靜地躺到地久天長，便有一個聲音，輕輕的唱頌着：Ample make this bed……

二

艾米莉・狄瑾蓀沒有多少朋友，可她喜歡寫信，據說有九十多個「筆友」。有一回，她寫信給《大西洋月刊》的編輯艾堅遜（Thamas W. Higginson），在信中這樣描述自己：「你能相信我嗎？現在我沒有照片，可我身材纖小，像一隻鷦鷯，我的頭髮蓬亂，像毛栗的針刺；我的眼睛，像客人留在杯子裏的褐色葡萄酒——這樣的描述夠了吧？」

唔，夠了，這麼楚楚可憐，有點倔強，可不就是梅麗史翠普飾演的波蘭女子蘇菲的寫照嗎？

三

蘇菲很纖弱，躺在床上，接過生物學家彌敦帶給她的一本褐色硬皮書，翻了翻，興奮地嚷着：「艾米莉・狄瑾蓀？就是那位女詩人？」

她喝着彌敦帶來的美國——彌敦說：特別的日子該喝些特別的酒，然後喃喃自語：「當你的日子過得好，像個聖人，到了天堂時，喝的必定是這種酒了。」

那時，她的眼睛就像杯子裏的褐色葡萄酒。

然而不管怎麼說，波蘭女子蘇菲可不是美國女詩人艾米莉・狄瑾蓀的化身。話說蘇菲由於購買了一塊黑市火腿，給德軍關進了集中營，手臂上還留有烙印，以及割脈的傷痕，她是一個脆弱又倔強的女子，以為自己背棄了基督——如果不是基督背棄了她。

她到了美國，聽到英語教師朗讀的一首狄瑾蓀的詩，於是便去尋找，尋找一本詩集彷彿就是當時的人生目標了——這是文學語言之美，英語教師說。

她走了很多路，至少比狄瑾蓀走得更多。

她讀詩的時候，大概還不知道這個女詩人很自閉，離開了校門便一直把自己關進家門，幾乎與世隔絕，故有人稱她為「艾默斯特修女」（the nun of Amherst，Amherst位於麻省，狄瑾蓀生於斯，終老於斯）。

四

狄瑾蓀的父親給她買了很多書，可又告誡她不要讓得太沉迷，生怕書本擾亂了她的人生。她跟希堅遜通信，可不知道她的這位「精神導師」其實讀不懂、也沒能力讀透她的詩。

有一回，她在信中對希堅遜說：「你談到惠特曼（Walt Whitman），我從未讀過他的書——但有人告訴我，他名聲不好……」她的世界是那麼微小，一生只希望做一個詩人，可是生前據說只公開發表了七、八首詩。

比起蘇菲，狄瑾蓀的一生大概平淡得不值一談，可是作為詩人，有了一個像蘇菲那樣的讀者，也許便再無遺憾了。

她也不是不知道世界很大，只是不像蘇菲那樣，幸或不幸，被命運牽着脖子逃亡，所以她說：「我不能證明歲月有腳／然而確信它們奔跑」，所以她說：「沒有一條船能像一本書／也沒有一匹馬能像／一頁跳躍着的詩行那樣——／把人帶到遠方」。

重看《蘇菲的抉擇》，重溫一點狄瑾蓀，那就很好，怎麼好法呢？唔，大概就像在特別的日子裏喝特別的酒。

在天氣記載裏展示歡顏或愁容

一

那是一個陳舊的東部城市，比如說：紐約、芝加哥、底特律或波士頓。看看那些灰冷的街景和人面就知道了。

那大概是五十年代吧。看看那些樓房、汽車、街道、髮型、服裝……就知道了。

那是舊城的一個角落，房子都是四五層或七八層高的，都些破落了。看看那些剝落的痕跡，那些被煤煙薰得灰黑的牆壁、招牌、樓梯、行人道、窗框……就知道了。

那是灰冷的北美東岸，那是一個寒冷過後相對和暖的冬日下午。

街上有貨車在起卸貨物，橫在路上，大街輕微擠塞。

有疏疏落落的黑色的行人，背向鏡頭，緩緩地走着，不怎麼匆忙。

街道兩旁，泊滿了灰色和黑色的汽車。店舖疏落，都關上玻璃門。

遠景是道路的盡頭，是光源所在（那是背光拍攝的街景）。午後的陽光給灰冷的畫面帶來一層微微薄薄的暖意，也給灰冷的畫面引伸出一個看得不太清楚的光明的消失點。

在前景的一幢舊房子屋頂上，坐着一個中年男子，穿着厚絨外套，裏面是深色的V領毛衣，白恤衫，結了深色的領帶，雙手擱在穿上了厚絨褲（摺腳的，有點縐）的大腿上。

這個中年男子約莫佔了畫面十二分一的空間——長方畫面，是一本書封面，直度佔三分一，橫度佔四分一，在右上角。

那是從另一端的屋頂拍攝的街景，約莫是三十度俯鏡。

那個男子叫愛雲丹白（Edwin Denby），是一位詩人、舞蹈家。

那畫面是他最後一本詩集《詩全集》（*The Complete Poems*）的封面。那詩人和詩集，被阿胥貝利（John Ashbery）稱為美國詩界的best-kept secret。

二

愛雲丹白的《詩全集》的封面照片，是攝影家貝克赫特（Rudy Burckhardt）拍的，他們是好朋友，在四十年代一起拍過一套八分鐘短片，叫做《紐約的天氣》（*The Climate of New York*）。

一九六三年，愛雲丹白六十歲生辰，奧哈拉（Frank O'hara）為他寫了一首詩，叫做〈愛雲的手〉（Edwin's Hand），說此人「易於愛上，但／難以取悅，他／像一個孩子般遲緩行走／在奇觀之中／需要了解。」

奧哈拉一定喜歡愛雲丹白，所以在一首叫做〈遠離他們一步〉（*A Step Away From Them*）的散文詩裏說：「日光裏的霓虹燈是了不起的愉悅，猶如愛雲丹白的詩句，猶如光把白晝膨脹成球狀。」

愛雲丹白從來沒想過要做一個詩人，也沒打算讓自己的詩公開發表。他一九〇三年生於天津，曾在中國、奧地利和美國生活。他曾在維也納習舞，其後跟朋友組織舞蹈團，在德國表演了五年。

一九三五之後，大部分時間居住在紐約，一九八三年在緬因州逝世——《詩全集》在他死後三年出版，「紐約派」（New York school）晚輩柏傑特（Ron Padgett）在「導言」最後一段說：

「他以耐性和良好的幽默感抗衡年老體衰，但他無法忍受心靈的崩潰，衰頽的侵擾。在一九八三年七月十二日，他回到緬因州後不久，坐在桌子前，服用過度的安眠藥和酒精，然後離開了這世界。」

他只是客串詩人，卻寫了很多具新意、不算完整、卻非常動人（尤其能打動寫詩的人）的「城市十四行詩」（或稱「城市商籟體」）。

在他還不曾被詩壇「發現」之前，奧哈拉就讀過他的詩集《在公，在私》（In Public, In Private，一九四八年），以及《地中海的城市》（Mediterranean Cities，一九五六年），並且寫了一篇文章，叫做〈愛雲丹白的詩〉，說那是延續了雪萊（Shelley）和馬拉美（Mallarme）的浪漫主義精神，是跟普魯斯特（Prout）的心靈相近的思辯，是「現在式的古典獻禮」，更是一種由「詩人在其中的風景」（landscape-with-poet），演變而成的「詩人在風景裏」（poet-in-landscape）的藝術。

這也難怪，讀着愛雲丹白的詩，才明白ABAB、CDCD或EFEF之類的聲律枷鎖，竟然可以像舞蹈那樣自由自在，表現出一種絕對現代的節奏。

而在後期的不分行、不押韻的十四行體，更能緩緩放出一種近乎沒有音樂背景的舞蹈感，那是一種隨意而並不是毫無限制的節奏，以及在節奏裏時而閃現、時而消失的城市風景。

季節、街景、咖啡店、路上行人、公園、流動的腳步、安靜裏醞釀着躁動的心情，這樣的時間交織着那樣的空間，如此感覺糾纏着這般的記憶……

像雨、像雪、像變幻的天氣、像匆匆的日子，像遺留下了歲月和記憶的街道，在一本詩集裏，有一個詩人，在光影和聲籟之中顧盼和頌唱……

三

十四行詩好讀，但不好譯，因為一經翻譯，那美妙的聲律便會流失了。喜歡愛雲丹白的十四行，也不管別的，選譯一首吧，那是《詩全集》的第一首，叫做〈天氣〉，詩說：

我自己倒喜歡紐約的天氣
在街心騰升的氣流裏我看見了它
你用上了一枚破損了的餐館叉子
可你用不上的天氣保持清新而淨雅。
縱使我們這號人在其間步步為營
我們得要逆來順受，沾一身泥塗，
空氣老在變幻可鼻子已停止適應
而體面早花光了，而結局總是粗糙。
星期一，你情緒低落；星期二，死於怨懟
在無常的氣候裏一個成年人新鮮起來
車輛和我們都在其中的天空映照在街衢，
站立一會兒，然後穿越陸地和大海。
我們都習以為常地從此時此處回到家中
在我們的天氣記載裏我展示歡顏或愁容。

我這中譯本，只能嘗試盡可能參照原詩ABAB、CDCD或EFEF、GG的韻腳模式，不及其餘。

選譯此詩，是因為喜歡，當然也同意柏傑特在詩集「導言」對它的分析——如何在非詩意的語言裏創造另一種詩意：

第一行看似是簡單的起句。但「我自己」（myself）這個字眼有何用意？它的出場意味着第一行並非一輛思緒的火車的起點，倒是一個前面的子句——諸如「有人不理會此間的天氣，但……」——的延續。

柏傑特也注意到愛雲丹白很重視標點符號：

第一行沒有標點符號，在愛雲丹白的詩裏，那意味着停頓，他通常不用標點符號，除非它有說明和強調的需要。

據柏傑特分析，此詩第二行在簡單的語言裏也有語義學上的變化，看見「天氣」和「騰升的氣流」，倒讓讀者想像敘述者「看見一朵雲」；而「街心」（between the street）的語境（context）也暗示了「街道兩旁」（between the sides of the street）的景物，諸如行人道、建築物、圍欄、車輛等等。

至於第三行和第四行的「用」（use）字——「你用上了一枚破損了的餐館叉子／可你用不上的天氣保持清新淨雅」，跟第八行所說的「而體面早花光了」（And sleekness is use up）互相呼應，柏傑特認為，「用」這個字的語義，與第四行出人意表的修辭「清新而淨雅」（fresh and neat）相涉，那是說，「大氣候」的本質沒變，變的只是「空氣」或「氣流」。

我同意。要補充的是，第十行所說的「在無常的氣候裏一個成年人新鮮起來」（An adult looks new in the weather's motion），何嘗不也包含了「變」與不「變」的思辯？

煙迷你的眼

一

防煙門把辦公室和後樓梯分隔成兩個世界，彷彿就是十五世紀末的歐洲和美洲的縮影：一邊是文明，另一邊是蠻荒。從辦公室穿越防煙門（這門，防的本是火警的煙，漸漸變成防煙草的煙，也真是個美麗的誤會，一如哥倫布誤將美洲當作印度），便有一股濃烈的抑鬱氣味湧進鼻孔——你已經走進一個被隔離的蠻荒世界。

後樓梯有各式各樣的煙灰缸，方形的月餅盒、圓形的曲奇餅罐、變形的金屬容器……躺臥着完整或扭曲的煙蒂。亂葬崗一樣的容器，熄滅了猶飄散着氣味的灰燼和煙蒂，都是廢棄之物，孤伶伶地躲匿於梯階一角。每回經過，都彷彿聽見它們靜默而憂鬱的喘息。

你有時會想起侯孝賢的《戀戀風塵》的其中一幕，那個採礦受傷的父親給從城裏歸來的兒子遞上一根煙，點了，一起抽，父子對話無多，可那煙草的語言，倒像點燃的煙草和噴出來的煙一樣溫暖。

你有時會想起很多年前有一套日劇叫《二人世界》，其中一幕永誌不忘：竹脇無我在車站點煙，天氣很冷，風很大，點不着火，身旁的栗原小卷把大衣拉起，擋住了風，讓竹脇無我低頭在她的懷裏點着了煙，那是另一種煙草的語言，另一種盡在不言中的體諒，以及承諾。

還有北野武的《奏鳴曲》的小片段：大佬在會議指派任務後，說要抽煙就隨便抽吧，一眾幫會大漢幾乎動作一致地掏出香煙，一起點了，吸了，略帶荒謬感的集體反應竟然有一股剛烈與暴戾所掩蓋不住的嫵媚，大概會教你在後樓梯的憂鬱氛圍裏不期然會心微笑。

歐洲殖民者把天花帶到美洲，卻把煙草帶到全世界，彷彿交換了充滿宿命的死亡誘惑。後樓梯是一個快要消失的邊緣世界，也許只有遠去了才份外教人懷念，於是後樓梯隱約回響着辛曉琪的〈味道〉：

想念你的笑
想念你的外套
想念你白色襪子
……
和手指淡淡煙草味道

二

那是五百年前的故事了，西班牙人把她拐帶到歐洲，不多久，葡萄牙人又把她拐帶到亞洲，她在日本登陸之後，便有了一個用漢字書寫的名字：淡婆姑。這名字真好，婆姑就是婆媳，她淡如流雲，她在，就連婆媳說不清的愛恨也淡得渾然不覺了。後來她來到中國，改名換姓，叫但不歸，明代方以智《物理小識》對她有此看法：「其性可以袪濕發散，然服久則肺焦，諸藥多不效，其症為吐黃水而死。」那是說，她像《聊齋》的狐仙，跟她纏綿日久，就是一條不歸路，可一個「但」字又隱隱然有視死如歸的悲壯。

她的名字一開始就是美麗的誤會。話說西班牙人登陸美洲，發現阿茲特人用Y形管子吸服一種燃燒的草葉，問那是甚麼，答曰：tabaco。問的是草葉，答的是Y形管子，本來是問非所答，可是管子的名字從此變成了草葉的名字。Tabaco譯為英語，是tobacco，日語是淡婆姑，漢語是但不歸。音譯之外，還有意譯：日人稱之為多葉粉、煙番草；朝鮮人稱之為南靈草；在中國，她又叫淡莧菰、金絲醺、八角草……甚或中西合璧：淡巴菰相思草。

起初都說她可治百病，十六世紀中，塞維利亞醫生蒙納德斯（Nicolás Monardes）着有《藥物史》（*Historia medicinal*），說她可治愈三十六種疾病；明末名醫張介賓的《景岳傳來》也說：「師旅深入瘴地，無不染疾，獨一營無恙，問其故，則眾皆服煙，由是遍傳……」其後證實尼古丁有毒，一六六五年，英人佩皮斯（Samuel Pepys）做了一個實驗：給貓餵了一滴煙油，貓很快便死了。一六〇四年，英王詹姆斯一世（James I）頒令禁煙——儘管只是寓禁於徵，把煙草關稅提高四百倍。據說，路易十四（Louis XIV）、拿破崙（Napoléon Bonaparte）和希特勒（Adolf Hitler）都憎恨吸煙。可崇禎禁煙堪稱另類，他認定「吃煙」即「吃燕」，再吃下去，就會把燕京吃掉，遂於一六三九年頒令禁止吃煙、種煙、賣煙。問題是：中外禁煙凡四百年，何以禁之不絕？

三

煙草在十六世紀初由殖民者傳入歐羅巴，再由殖民者及傳教士引進亞細亞，短短數十年間歐亞大陸煙霧瀰漫，遺禍深遠，到了十七世紀，煙草由可治百病的良藥變成十惡不赦的毒草，禁煙的大時代（及滄桑史）揭幕了。

一六〇四年，英王詹姆斯一世親撰《討煙檄》（*A Counterblaste to Tobacco*），指吸煙不僅傷目、刺鼻、害腦、壞肺，更是對上帝的褻瀆。可他只是寓禁於徵，將每半千克煙草的關稅從兩便士提高至六先令八便士，不用說，這正好為私煙販子鋪好一條財路。

兩年後他御准維珍尼亞公司在北美及加勒比海地區開拓殖民地，結果導致他深惡痛絕的煙草大量生產——這是歐洲殖民主義者的偽善。

差不多與此同時，法國也禁煙，可是到了一六三七年，路易八世（Louis VIII le Lion）酷愛鼻煙，禁煙自動失效；一六七四年，路易十四為了可觀的煙稅，頒令實行煙草專賣制度。一六三四年，俄國沙皇阿列克謝（Alexis）頒禁煙令：初犯者鞭苔，再犯者處死，聞鼻煙者割鼻；一七〇〇年，彼得大帝（Peter the Great）嗜煙，自不免開禁——歐洲式禁煙隨統治者意志左搖右擺，人間正道，說來真是滄桑了。煙民早已置生死於度外，豈懼殺頭——一六三五年，土耳其伊斯坦布爾因吸煙導致火災，故明令凡吸煙者，殺無赦；禁煙四年，處死者近萬人；煙民殺之不盡，結果倒是禁令無疾而終。

明萬曆三年（一五七五年），煙草由呂宋傳入臺灣、福建；四年後鼻煙由利瑪竇帶入廣東，由是舉國煙民；一六三七年，崇禎禁煙：凡私種私售，均斬首示眾；可是在遼東與後金苦戰的兵部尚書洪承疇上奏說「遼東士卒，嗜此若命」——能阻窒統治者禁煙意志的，嗜煙的將士正是一大力量，比如希特勒疾「煙」如仇，二戰期間，德國隨處張貼「德國女人不吸煙」的標語，這不是性別歧視，只是因為女人不能為他打仗，墨索里尼（Benito Mussolini）是唯一可在他面前破例吸煙的人，當然，軍隊也被默許吸煙——在他視線範圍之外。

四

由十七世紀開始，煙草史說來就是暴君對煙民的迫害史——在俄國沙皇時期，煙民被鞭笞、割鼻、放逐；在土耳其，艾哈邁德一世（Ahmad I）和穆拉德四世（Murad IV）下令把煙杆插進煙民的鼻孔，甚或凌遲而死；在中國明末清初，違反禁煙令者被施以各種酷刑，包括斬首，把腦袋釘在尖木樁上……

普世煙民面對嚴刑峻法，不但要背負法律上與道德上種種莫須有的罪名，還被剝奪公民權，甚至賠上性命，他們也是常人，為甚麼會比常人更能置生死於度外？

其實煙民並不是不怕死，不可能像戲劇裏的革命黨人那樣，在壯烈犧牲之前猶慷慨高呼：殺了一個，還有千千萬萬個……儘管他們心裏也像革命黨人那樣，對統治者的嚴刑峻法有十萬個不服氣，他們尤其不能認同統治者的長官意志乃至雙重標準，不能認同吸煙不是個人自由。

沒有人比煙民自己更能切身體驗煙草對健康的摧殘，曾經在機場吸煙室吞雲吐霧的煙民大概都會同意，那毋寧是一個合法的毒氣室。即使沒有嚴刑峻法，他們一生恐怕也有過如此或如彼的戒煙時期。

意大利小說家斯維沃（Italo Svevo）的《芝諾的告白》（*The Confessions of Zeno*）正是一部戒煙的經典：芝諾老對自己說「這是我的最後一根煙」，可這「最後一根」總是悠悠一生的「另一根」，直至他垂垂老矣，才明白吸煙和戒煙的心理矛盾已經成為他最真實的生活寫照——吸不比戒更好，戒也不比吸更壞。沙特（Jean-Paul Sartre）在《存在與虛無》（L'Être et le Néant）將吸煙這行為哲學化：煙草只是虛無，煙斗、火柴和煙袋才是存在，他晚年對戒煙也有心理掙扎：

「……我不在乎失去煙草的甚麼美味。它的意義已經在我的生活中根深蒂固了，如同結晶……戒煙意味着我將在所有活動中失去若干樂趣，晚餐不再那麼有滋味，早晨工作時精神也不再那麼新鮮了」，因為吸煙於他猶如「火葬儀式」，「對香煙的毀滅性佔有，其實象徵性地滿足了我毀滅性地佔有整個世界的幻想。」

五

禁煙難，戒煙更難，據美國學者克萊恩（Richard Klein）分析，是由於 cigareticism（香煙主義）早已凝聚了一股跨越種族、國界、文化的精神力量，它無有形體卻碩大無朋，虛無縹緲卻根深柢固，它的創造者是文字和演藝的創作人，那是說，文學和電影潛移默化的影響力壓倒了醫學和法律的恐嚇和禁制。

法國詩人波德萊爾（C. Baudelaire）把吸煙的境界提升到「這就是我／這就是一切」，吸煙的隱喻在於「自我」在吐納的瞬間取得一種精神洗禮的幻覺；另一位法國詩人拉弗格（J. Laforgue）把吸煙描述為無聊人生的極樂：

只不過消磨時光，等待死亡……

我被一縷藍色的煙流，帶進無盡的狂喜……

西班牙詩人馬查多（M. Machacdo）說：

生命如一根香煙

炭渣、煙灰與火

在他看來，在不斷複製瑣碎和膚淺的功利世界裏，只有「真吸煙者」才是快樂的另類少數；自稱「宇宙間除我無更小之物」的胡也頻詩說：「我欲銀河洗腳，月邊吸煙」

——這是文學的cigaretticism。

《北非諜影》（*Casablanca*）裏的堪富利保加（Humphrey Bogart）吸煙的大特寫，跟走一哩路去買一包香煙、牛仔策馬奔騰的香煙廣告同樣塑造了大男人豪邁不凡的形象；張瑛從煙盒取煙，在煙盒上敲煙，輕側頭部點煙，悠然吐煙，跟《阿飛正傳》最後一幕梁朝偉叼着一根煙姿整地梳頭，塑造了吸煙男子的優雅氣質；歌劇和電影裏的卡門、交際花、怨婦大概都會用纖長的煙嘴吸煙，反叛不羈的壞女人形象原來是那麼討好

——這是演藝的 cigaretticism。

難怪林語堂說「真正懂得吸煙的人，戒煙卻有一問題」：「為甚麼理由，政治上，社會上，道德上，生理上，或者心理上，一人不可吸煙，而故意要以自己的聰明埋沒，違背良心，戕賊天性，使我們不能達到那心曠神怡的境地？」這一問，對戒煙者來說不啻是當頭棒喝。

六

流行曲的歌詞，總是以非常抒情浪漫的語調將愛情喻作燃燒的香煙，最經典的，大概要數〈煙迷你的眼〉（Smoke gets in your eyes）：When your heart's on fire, you must realize smoke gets in your eyes；很多年後，猶有蔡琴的〈香煙迷濛了眼睛〉與之隔代呼應：

讓香煙迷濛了眼睛
你的神情變得好溫柔

王菲有一首歌，乾脆叫做〈煙〉：

有一種蠢蠢欲動的味道
讓我忍不住把你燃燒
把周圍的人都趕跑對我也不好
我知道我知道我戒不掉

戒不掉的，就是有若煙癮的思念；類近的寓意，還見諸周杰倫的〈煙圈〉：

我終於看穿了愛情它不就像點根煙
隨手放在嘴邊
層層疊疊的煙圈瀰漫眼前

辛曉琪的〈味道〉以煙味懷人，莫文蔚的〈陰天〉則以香煙的迷麗影像思憶未了情緣：

香煙氳成一灘光圈
和他的照片就擺在手邊

這是流行曲藉偶像暗中散播的cigaretticism。

說來也許有點諷刺，〈義勇軍進行曲〉的歌詞，是聶耳靈感突如泉湧，手邊找不到紙，便寫在一個香煙盒的襯紙上。聶耳是音樂家，也像畫家如畢加索、作家如魯迅、林語堂、朱自清那樣嗜煙，政治人物如毛澤東、鄧小平、卡斯特羅、哈維爾……也總是予人煙不離手的印象。

這是名人效應經由影像張之揚之的cigaretticism。

林語堂說他的書桌有一「焦跡」，「是我放煙的地方。因為吸煙很少停止，所以我在旁刻一銘曰『惜陰池』。」他煙戒不成，於是搬名人語錄來自我開脫：「據英國生物化學名家夏爾登（Haldane）教授說，吸煙為人類有史以來最有影響於人類生活的四大發明之一」，因而有此結論：「無端戒煙斷絕我們靈魂的清福，這是一件虧負自己而無益於人的不道德行為。」可他不知道，半個世紀後有一位名叫克萊恩的美國學者，本來也像他那樣嗜煙如命，可在完成一本探討cigaretticism的專著之後，便徹底戒掉了——因為痼習的謎底一經揭破，便不復「爽」了。

七

清代流行「煙戲」，表演的藝人無疑就是煙草推銷員，據破額山人（沈氏，乾隆、嘉慶間吳江人，錢鍾書在《談藝錄》亦曾引述此君鴻文）在《夜航船》所說，吃煙者「燃火狂呼」，「隔簾觀之，見雲氣滃然，奇態層出，樓臺城郭，人物橋樑，隱然蓬萊海市也。琪花瑤草，異鳥珍禽，宛然蕊珠閬苑也。魚龍鮫鱷，噴濤噀露，恍然重洋絕島也。俄而炮焰怒發，千軍萬馬，破陣而止，玉山銀海，顛倒迷離……」這樣的香煙廣告真人騷，真是蔚為奇觀。

禁煙四百年以來不得其法，而銷煙廣告往往要比禁煙宣傳聰明得多，故此禁來禁去都不得要領；上世紀初，美國煙草商就深諳借名人及專業人士軟銷之道——意大利男高音馬蒂內利（Giovani Matinelli）在廣告中說，某牌子香煙絕對不會損害他的嗓子；另一廣告則說：「愈來愈多的醫生都吸ＸＸ牌香煙」；一九一七年，國產煙草商在上海《申報》、《新聞報》上刊登的廣告說：「捲煙一物，無益於衛生，請君能不吸為最好，若必嗜之，則請用國貨！」「不吸煙最可敬，若吸捲煙，請吸用國貨！」虛晃一招，以退為進，還借勢將吸煙與愛國劃上等號，比之歷來反吸煙宣傳獨沽一味的骷髏骨式死亡恐嚇，無疑是高明得多了。

煙民不是不知道尼古丁之毒害，也不是不怕死，只是早已受到 cigaretticism 潛移默化的洗禮，在心理上認同了吸煙是個人的意志自由，因而不甘心屈服於反吸煙宣傳的強權話語——像薩特、林語堂那樣抗拒戒煙的，大有人在。然而在公共場所吸煙，畢竟並非與他人無涉的個人自由，你有權吸煙，但你無權強迫他人吸二手煙——這是一切自由都不可踰越的「群己權界」。

最近的反吸煙宣傳以「二手牙籤」反諷「二手煙」——誰都不會用別人剔過牙屑的二手牙籤，那麼，誰都不可能接受煙民噴出的二手煙——這真是絕妙的曲筆，嘻笑暗藏怒罵的 anti-cigaretticism。

新奧爾良怨曲

一

近些日子，每天都看見滿目瘡痍的新奧爾良。據說，光是把積水抽乾，就得花上三個月至半年，洪水淹沒的是一塊名為「大快活」（The Big Easy）的舞樂節慶之地：爵士音樂節、黑人傳統節、田納西・威廉斯文學節、法國區節、拉美狂歡節、四旬節前嘉年華……終年不休。電視畫面是一片荒涼的澤國，全世界都瞪着眼：這就是曾在荷李活電影 The Big Easy、Runaway Jury 的鏡頭下，教人看得不禁心跳，交織了慾望與罪孽的那座迷麗之城嗎？

有人說，新奧爾良是美國和法國的私生子。一七一八年法國人在平均海拔只有七公尺的路易斯安那州殖民，其後在法國人、西班牙人之間輾轉易手，至一八〇三年才由拿破崙以一千五百萬美元賣給美國人。路州和新奧爾良的南方浪漫、憂鬱、放縱、焦慮與享樂主義，正是由於承襲了複雜的血緣。因極速結婚、離婚而名噪天下的女歌手Britney Spears，就是路州典型的壞孩子；要是轉換另一角度，說這壞女孩敢作敢當、我行我素亦無不可。

也許，兩度獲頒愛倫坡大獎的推理小說家詹姆士・李・布基（James Lee Burke）筆下的私家偵探Dave Robicheaux，剛好就是新奧爾良的寫照——身形高大，髮色黝黑，一隻耳朵的上方有塊白色紗布，此人是路易斯安那州的Cajun（法語土著，白人、黑人、印第安人的混血兒），朋友都稱呼他「閃電」，因為大都認定他有鼬鼠般的臭脾氣；他結過兩次婚，也離過兩次婚，一談起婚姻，他總是皺眉沉默；他認養了一個女孩，是來自中美洲的難民；他酗酒，失眠，走進酒吧總是在唱片點唱機前駐足，投了角子，總是點播Iry Lejeune的La Jolie Blonde，然後走到吧台，點一杯七喜汽水。這樣的一個男子，活得真累。

新奧爾良不可名狀的美麗與哀愁，教人想起拉涅爾（Sidney Lanier, 1842-1881）的一首詩：

呵，在沼澤外面瀛海的盡頭有些甚麼？
不知怎樣我的靈魂忽然得到了解放
從命運的重壓下，罪惡的商討裏，
被汪洋一片的大沼澤煙波蕩漾。

二

新奧爾良是一本犯罪小說。這座南方迷城的警察惡名昭彰，據說是美國最腐敗和最粗暴的警隊；律師的信條是：法律像一根柳條，要是你在新奧爾良超速駕駛，去找一個可靠的律師吧，給他五十美元，他便會跟法官商量如何善後，記錄不入檔案，來年的汽車保費也不會漲價。於是你明白了，荷李活犯罪電影何以愛在此地取景，布基（James Lee Burke）的犯罪小說何以在此地發生。

布基被譽為「犯罪小說的福克納」（the Faulkner of crime fiction），他和福克納都是典型的南方人，都嗜酒，都在醉與醒之間洞察慾望與沉痛。布基的故事是憂鬱而焦慮的，情節卻如電視通俗劇般枝繁葉茂，可他深明人性的陰暗與軟弱，關心的倒是種族暴力、階級鬥爭、和美國南方混雜的歷史。

故事總是透過一個任職私家偵探的酗酒硬漢疲乏而深沉的目光，以抒情詩的筆調呈現一個淒涼無奈的墮落世界——斑爛而骯髒，狂歡但空洞，老被誤解而無法解釋，從而喚起長期受壓抑的人文關懷：在既開放又封閉的南方，白人與黑人、本地人與外來人，富人與窮人之間，鴻溝愈來愈遼闊了。

新奧爾良是一首動聽但意義游離的爵士樂。還是法國學者貝爾曼——諾爾（Jean Belleman-Noel）說得好，「情愛，肉欲，幽默感，荒誕感——看來這些就是蕩激起新文明機體的不同的諧波」。對了，那是一種情欲的挑逗，粗俗與優雅、夜色與迷亂，疲乏與慧黠，搖晃，抽動，誘惑，賁張，調出一杯雞尾酒（哦，在新奧爾良，隨便買一杯街頭小店的冷飲，都會嘗到濃甜而粗獷的酒精）——生機勃勃的肉體與黏黏稠稠的靈魂，那麼一刻可以一飲而盡了，餘下的都是明天的事。

請聽聽雷克斯・斯圖亞特（Rex Stewart）的I Know that You Know終曲那段狂熱的喘息，或雷・查爾斯（Ray Charles）的I Got a Woman那段飢渴的、撕裂心肺的呼叫，你就明白了，那是一切生命的源頭，就墮落這一夜吧，餘下的，Babe，都是明天的事。

三

那是密西西比河流入墨西哥灣之前的一大片沼澤，兩岸七八十呎範圍內全是淤泥，找不到任何岩石奠基，根本不適合建造城市，可法國人還是建成了一個烏托邦——儘管最初只有二百五十名居民；十八世紀初，史學家戲稱她為「建在一個不可能的地基上的一個不能不建的城市」，在法國移民眼中，她幾乎與世隔絕，故稱之為「奧爾良孤島」。進城的公路築在水道上，沿途可見大河的入海處的沼澤，遠看只有兩種顏色，藍的是海水，黃的是河水，瀛海盡頭，就是拉涅爾詩中詠嘆的煙波浩渺。

這碗狀的烏托邦除了慾望便一無所有。存活下去的慾望，醉生夢死的慾望，與命運談判的慾望，渴求重新開始的慾望，是畢迪・鮑登（Buddy Bolden）、路易士・岩士唐（Louis Armstrong）那一代人用單簧管、結他、短號、長號、套鼓、低音提琴、小提琴、鋼琴和嗓門，呼喚，吶喊，詠嘆，傾訴，化成意義游離的jazz——它起初叫做jass，那是chass或chase（追獵、跟蹤，外延義為搏鬥）的近義變種字，也是密西西比河流域一種擲骰子遊戲的聲嘶力竭的呼喊；是交歡時男子粗魯的哼叫，也是喜鵲吱吱喳喳的聒噪……

不可能不是慾望，因為除了慾望便一無所有。田納西・威廉斯（Tennessee Williams）在新奧爾良街頭沉思，盤算一個劇本的命名，忽爾看到一輛街車（當地的電車叫做Streetcar）徐徐駛過，那街車的終站在慾望街，所以叫慾望號，於是便敲定了劇名——《慾望號街車》（*A Streetcar Named Desire*）。

後來改編成電影，女主角Blanche（慧雲李飾）來到新奧爾良投靠已婚的妹妹，下了火車問路，有人告訴她，搭慾望號街車吧。她上了街車，這時開始，諾夫（Alex North）的爵士樂便不斷交織於她的命運。她酗酒、抽煙，不斷勾引男人（包括妹夫），藉慾望確認自己的存在；她不停洗澡，渴望洗去污穢的往事：同性戀丈夫、師生戀、家道中落……她的身世就是一首爵士樂，慾望就是讓她逃離現實、安頓身心的烏托邦。

四

查了法英詞典，Mardi Gras的意思，就是Fat Tuesday（肥膩星期二），那是一項羅馬天主教慶典，復活節前長達四十天的四旬齋前的節日，然後就是蒙灰星期三（Ash Wednesday）了，齋期內禁肉，狂歡節就得把家裏的肉吃光——新奧爾良是個吃喝玩樂的俗世，它從來不避粗俗，甚或刻意媚俗，食譜、音樂、建築、文化，都豁了出去，尋找俗世的歡喜。

新奧爾良美食的確是一回事，大概就是精緻化的美國菜，草根化的法國菜，以及兩者的fusion，要是碰上Mardi Gras，你只好靠鼻子引路了。要是聞到較濃的蒜茸、白酒香味，前面多半有一家克里奧爾人（Creole，法國移民後裔）的餐館，蒜茸甜椒末大蝦，白酒釀螃蟹，路那紅豆和蘋果香燒鱒魚，洛克菲勒焗生蠔（切碎的菠菜、蘑菇，加上芝士煎煮成奶油糊，包裹住鮮蠔，撒上甜椒粉烤焗），加上嫩煎的新鮮蘑菇和菠菜球，Etouffee（海鮮做的濃汁，澆在海鮮湯煮的米飯上），秋葵羹……太豐盛了。

要是聞到甘蔗、焦糖、辣椒的香味，前面多半是一家Cajun（白人、黑人、印第安人的混血兒）經營的家庭菜館，炸海鮮三明治，加上紐奧良獨特的辣醬，oyster po-boy（外皮酥脆裏面香軟的法國麵包，用蚱生蠔做餡料），加入不同香料和辣椒末的jumbalaya（辣味海鮮燴飯），番茄洋蔥火雞肉濃湯，澆上檸檬汁、茄汁的白灼Crawfish（一種小龍蝦）和生蠔，香橙辛辣雞肉沙拉……也許，還要點一杯「颶風極品」（Ultimate Hurricane），那就配搭得近乎完美了。

要是你吃到一種不知名的肉，最好別問那是甚麼。喝一口牙買加甜酒，再細細品嘗吧，真的別問，新奧爾良人的標準答案是「雞肉一樣的味道」。飽餐一頓之後，你打了個嗝，那就告訴你吧，多半是鱷魚肉（沼澤區有很多鱷魚養殖場），如果不是巨水鼠肉的話（據說每年有二萬五千公頃的沿海濕地被牠們「啃食」，政府提倡以吃鼠來滅鼠）。

肥膩星期二早完結了，然後是漫無盡頭的蒙灰星期三。

五

這是一個宿命的悖論——外電說：颶風「麗塔」直逼墨西哥灣，剛重返新奧爾良的災民又要再次疏散。由一七一八年法國人建市第一天開始，新奧爾良和大自然構成了第一個悖論：一方面，密西西比河帶動了當地的經濟和文化的發展機遇，另一方面，獨特的地理環境卻帶來了洪水和颶風的劫難。

這個移民城市起初沿高地而建，但其後大規模的移民潮不斷向低地擴散，為了抗洪，建成了複雜的大壩系統，作為天然緩衝帶的三角洲由是日被長期毀壞，城市逐漸呈碗狀下陷，平均海拔在水平線之下；為了向濕地搶佔更大的城市空間，新奧爾良人從十九世紀開始建設龐大的泵站網絡，日以繼夜抽乾濕地裏的水份，他們漸漸忽略甚或遺忘了身陷的生死關頭——路易斯安那州立大學兩年前曾發出警告：防波堤難以抵擋三級以上颶風帶來的驚濤駭浪，二百年來沒被洪水吞噬，實為邀天大幸。

新奧爾良終於被洪水淹沒了，但它依然是一個悖論——南方文化、藝術、音樂和烹調的精華盡在澤國之中，沒有可能棄之不顧；城市規劃官員信誓旦旦，說這座慾望之城必定在原地重建，儘管不穩定的地基猶在海平面之下。然而，這座劫後餘生的城市復修需時，但各方輿論認為重建刻不容緩，那該怎麼辦？

有人重提一個不可能有真答案的假問題：假如拿破崙沒有賣掉路易斯安那州，新奧爾良的悲劇命運會不會改寫？拿破崙當年只花了三天時間，就決定了路州的命運，與美國完成談判，拍板以一千五百萬美元出售這塊殖民地。法國作家查度布蘭（Chateaubriand，一七六八～一八四八）對此宗買賣堅持異見，開列連串大夢想，認為法國應持有並開發這塊比法國本土大五倍的烏托邦。

假如拿破崙沒有賣掉路易斯安那州，歷史恐怕還是充滿悖論——法國人對路州的情結何嘗不是一個永恆的悖論？他們心中甚或另有懊悔：為甚麼拿破崙當年賣掉的不是「復仇之島」科西嘉？

光影詩人莫奈

一

莫奈（Claude Monet）在〈自畫像〉中，為自己設計了一個標準形象，如同一幅光影流麗的風景畫：在左邊柔亮的側光映照下，微紅的臉龐略呈凹陷如盆地，鼻樑矗拔險峭如懸崖，黑色絨帽子彷彿包不住粗硬而略呈鬈曲的黑髮，略覺凌亂的黑色大鬍子連着髮鬢，有若茂密的叢林，炯炯有神、顧盼磊然的雙目，湛深而略帶憂鬱，有若兩潭晨霧漸散的亮麗的湖水。

他是個天生的光影詩人，一生追尋的大抵就是流動如水、氣化如霧的一泓把不住的朦朧光影。他的〈自畫像〉也許不是為了描繪他自己，〈撐陽傘的女人〉和〈花園裏的帶狗女孩〉描繪的也不一定是女人和女孩，正如〈日出．印象〉、〈睡蓮〉、〈麥草堆〉、〈青蛙塘〉描繪的不一定是風景，畫框內的人物和景物對他來說，也許只是一個容器，用來裝載瞬息萬變的滿腦子氣化光影詩篇。

他的光影的心法就是直觀：「忘卻眼前的景物，不管它是一棵樹、一間屋或一畦田；只要想像這是一小方塊的藍，是長方形的粉紅，是長條紋的黃，按照你對顏色和光影的想法的去畫便成了……」

沒有莫奈便沒有印象派——那不是說，沒有這個光影詩人便沒有一個影響深遠的畫派，只是說，沒有莫奈便沒有〈日出．印象〉，這個重要的畫派便不可能冠以「印象」之名。〈日出．印象〉的「印象感」是空前絕後的，他後來也畫過〈印象．黃昏〉，可那「印象感」已經是可一不可再了。

沒有莫奈便沒有德彪西（Debussy）——那不是說，沒有這個光影癖便沒有那個偉大的音樂家，只是說，沒有莫奈便沒有那股獨一無二的「印象感」，德彪西也許還是一個了不起的音樂家，要是他從沒邂逅莫奈的光影詩篇，他的音樂也許是印象派以外的另一個故事了，甚至可以說，《印象第一集》的〈水的倒影〉（*Reflets dan l'eau*）裏教人迷醉的強弱、光暗、色彩、透明度和神秘感，恐怕也不存在了。

二

沒有人知道莫奈一生畫了多少幅〈睡蓮〉。不要相信四十八幅這說法，那只是他一九〇九年「睡蓮・水景系列」個展的展品數目，展出的也只是他在一九〇三～一九〇八年的睡蓮畫。他一八九五年便畫了第一幅，直至他一九二六年去世之前，還在畫。也不要相信賣複製品和海報的畫廊，他們大概可以供應一百款〈睡蓮〉，可大都不知出處，沒有人可以向你保證，那是從原作複製出來的。

莫奈一八八三年搬進吉維尼（Givery）這所花園房子，一住便四十三年，終老於斯。吉維尼花園有一座綠色的日式的拱形木橋，跨越池塘，環塘遍植水菖蒲、百子蓮、杜鵑花和繡球花，還有柳樹和紫藤低垂水面，水色於是顯變得更湛深，更鬱藍了，水面上漂浮着睡蓮——這裏就是〈睡蓮〉系列的原鄉。我的畫家朋友說，沒到過這花園，不算到過巴黎——從巴黎坐五十分鐘火車到小城Vernon，再坐十分鐘汽車就到達吉維尼了，大約是從港島到新界的車程。

〈睡蓮〉系列記錄了莫奈中年以後的光影浮生，方的，長條的，橫幅的；湛藍的，墨綠的，玫紅的；白天的，黃昏的，晚間的；晴天的，陰天的，雨天的……他的朋友都說：「只有在吉維尼見到莫奈，你才會了解他，了解他的個性，他的生活情趣，他的內心世界。」沒有人可以見到莫奈了，只好去一趟吉維尼，看一幅接一幅的〈睡蓮〉，漸漸明白了，愈早期的色彩愈豐富，光景和大氣愈亮麗；愈晚期的，色彩愈簡淡，光影和大氣愈朦朧——因為他晚年患了白內障，一隻眼睛已經看不清睡蓮的光影了。

看〈睡蓮〉系列，想起一首題為〈夜雨寄遠〉的回文詩：「風荷冷碧水，驟雨暮雲濃。明月孤舟小，雁歸阻遠峰。」倒讀就變成「峰遠阻歸雁，小舟孤月明。濃雲暮雨驟，水碧冷荷風。」風荷冷碧水，水碧冷荷風，遊戲文章，彷彿就是莫奈窮四十年在塘畔繪寫睡蓮光影這場夢幻遊戲的寫照。

三

莫奈太愛他的吉維尼了，總是對朋友說，這一座「水和倒影的花園」，「是我最完美的作品」。花園裏繁花錦簇，簡直是一團火，荷塘卻是火海裏的一掬蒼茫煙水——池塘的日式拱橋上有一行日本字，意思就是就是「浮世的影像」，跟房子裏掛滿日本版畫彷彿一呼一吸，是〈睡蓮〉系列的活水源頭。他晚年最重要的好朋友，是法國總理克萊蒙梭（Georges Clemenceau），時值一戰，他告訴克萊蒙梭，他想建造一所繪滿睡蓮壁畫的展館，好讓戰火人間有個安頓身心的地方。

詩化的光影和大氣堪可治療戰爭的傷痕，莫奈一直深信不疑。普法戰爭爆發後不久，他隻身跑到倫敦——縹緲的輕煙和渾厚的濃霧立刻教他着了迷，其後多次往返霧都，畫了一組畫：泰晤士河上的霧中之橋和議會大樓；如夢似幻的詭異氤氳，原來真可以蕩滌人心的戾氣。莫奈是固執的，要是找到心儀的意象，總是要畫出蘊藏其中的靈魂才肯罷休，不管那意象是四季晨昏不斷變換光澤的麥草堆，還是畫了兩年也彷彿意猶未盡的盧昂大教堂。

莫奈晚年患白內瘴，目力日漸衰退，常因力不從心而生自己的氣，把畫布割破，忙得團團似磨驢的克萊蒙梭總是抽空趕往吉維尼花園，對脾氣隨着目力變壞的老朋友說：法國人民都在等待着你的睡蓮大壁畫，不要輕言放棄。塞尚（Paul Cezanne）儘管不大欣賞支離破碎的光影，可也對這位「光影詩人」有無限憐惜：「莫奈只得一隻眼睛，可是我的天，那是多麼了不起的眼睛啊！」

莫奈的眼睛的確很了不起，也只有如此的一隻眼睛，始能把睡蓮看得如斯通透通靈。喜歡就好，用不着介意旁人嘲諷——喜歡睡蓮是淺薄嗎？國內一位朋友引了金朝趙灃兩句炎中帶涼的〈荷花〉詩，以抒發觀賞〈睡蓮〉系列時的陣陣幽思：「誰離玉濫瀉天光，佔斷人間六月涼？」詩引得真好，我倒想起李白的〈古風〉：「碧荷生幽泉，朝日豔且鮮。秋花冒綠水，密葉羅青煙。」

沿江的砸石聲

一

電訊組的同事說：長江要截流了。大夥兒各忙各的，也沒插話。凌晨二時看油墨未乾的印張，看到刊於一角的截流短訊，才想起有一年在四川省長江流域渡過了前後五個晝夜，對大江兩岸的人情風物走馬看花，印象比較深刻的，大概就是沿江砸石的聲音了。

話說那天從重慶出發的時候，天還沒亮，江水瀰漫着濃濃的霧氣，船隻的射燈和汽笛聲也彷彿給浸濕了，甲板上的旅人都懶得動，有些輕呷冒着熱氣的茶，有些擁着厚厚的大衣假寐，有些倚着欄杆看蔚藍的天空顯影出微弱的霞光，那時長江還沒有醒轉過來，人語、水聲、船的引擎聲、風響、隱約的鳥鳴……那麼混雜的聲音，黏着稠稠的霧氣，有股宿醉似的慵懶。

船上的廣播說：「旅客們，漫長的旅行生活開始了，我們向美麗的山城重慶道別，奔向長江的懷抱，怒奔吧！長江……」只記得那麼幾句，那麼豪情壯闊，那麼空洞的抒情，跟那股慵懶的氛圍格格不入。

不多久，甲板上的人開始脫下厚厚的外衣，霧氣漸漸消散了，在低矮的山巒背後冒出來的大太陽燙得人渾身暖洋洋的，水色也漸漸深潤了起來，然後，那清脆的砸石的聲音就響起來了，叮叮、叮叮、叮叮……錘子和鑿子敲擊在石塊上的聲音一下子就在江水兩岸此起彼落地響起來了，時近，時遠，卻是那麼的清晰和肯定，沒有人會弄錯，不會以為那是別的聲音，肯定是鐵器鑿擊在石塊上的聲響。

船駛近岸邊的時候，在甲板上可以看見石灘上有一群大人和小孩，在那裏用錘子和鑿子砸石，臨江的岩塊給砸碎成石子，沿岸堆放着，砸石的聲音沿着岸線向前伸延，船就行了一個小時、兩個小時、三個小時……砸石的聲音也就向前伸延了一個小時、兩個小時、三個小時……直至大太陽下山了，江水再次暗下來了，那叮叮、叮叮、叮叮的聲響才漸漸消沉下來。砸石人也許砸了很多年了，沿岸的岩塊給砸碎了又運走了，砸石的兒童總會長大，然後又帶着孩子到江邊，一起砸一塊砸了半生也砸不完的岩塊。

二

本來沒有打算到涪陵，可是那天傍晚江邊的砸石聲漸漸停歇，船在涪陵靠岸，船上的廣播說：三個小時後才發船，旅客如要離船登岸，必須在發船前十五分鐘回到船上……反正有三個小時空檔，心想：上岸逛逛也無妨。

涪陵位於長江南岸烏江出口處，是蜀東黔北的水上交通咽喉。對涪陵倒是有些印象。以前看過一份地下詩刊，叫做《當代中國實驗詩歌》，就是在涪陵出版的；在成都時，向友人打聽一個青年詩人，友人說：四川詩友中，那位青年詩人生活最苦，在烏江畔的窮鄉僻壤教書，那個地名叫做西陽縣，據說從涪陵乘大半天車才到達。

涪陵的夜，比想像中要熱鬧得多。從碼頭走到大街，像其他長江流域的市鎮一樣，要走過一段淺灘，然後是一段長長的石板梯階，梯階兩旁，是鱗次櫛比的小攤檔，販賣煙酒、日用品、雜物，像透了上環的石板街，也許在香港開埠之初，今日的鬧市原是一片海水，旅客捨舟登岸，也是要走那麼一段長長的石板階梯。

涪陵的大街是個熱鬧的夜市。兩旁擺滿了流動的攤檔，在略為幽暗的燈火裏，行人熙來攘往，在販賣熟食、衣服、書報、錄音帶、鐘表……的攤子之間，擠得水洩不通。到了涪陵，當然免不了買兩瓶炸菜。

涪陵的夜是熱鬧的，到了晚上十時許，夜還好像剛剛開始，匆匆走了兩個多小時，怎樣也猜不到那繁鬧世俗的夜市，跟憤世嫉俗的詩和詩人到底有甚麼關係。只是走下淺灘準備登船，給一堆碎石絆得幾乎跌倒，心想：反抗的詩一如沿江的砸石聲，大概都是遏止不了的。

三

豐都古稱平部、豐都，在四川東部長江之濱，自重慶下船東去，約莫八、九個小時的航程。這座小小的古城相傳是鬼國，據說普天下人死後，鬼魂都去那裏的冥府報到，等候轉世升天。那天凌晨我在重慶乘船出發，以為到達鬼城的時候正是大白天——在船上閱覽室結識的朋友聽說我要到鬼城，也半開玩笑地說：幸好你到達的時候還是大白天；豈料船隻在途中發生故障，搶修了三個多小時，到達鬼城的時候已是傍晚時分了。

豐都碼頭跟四川的沿江碼頭一樣，上船下船後都要走一段長長的斜坡或石板階梯，沿江的市鎮，碼頭附近的斜坡都有運貨的鐵軌，就像香港的山頂纜車的軌道。這小城是個繁鬧熙攘的人間，即使天色漸黑，但碼頭一帶還走動着不少挑夫和小販；走到平地，沿街都是旅館食店，旅遊業分明頗為蓬勃，那裏有半點鬼域冥府的陰森神秘呢？

未到這座鬼城之前，道聽途說，鬼城居民都愛穿黑色和深藍色的衣服，而身上都配戴一塊紅色的小布帶，據說那一點點紅色可驅邪避鬼。然而，走在鬼城的時候，一直留意街上行人的衣飾，覺得跟重慶、成都以至四川省以外的其他地方所見的衣飾沒有多大分別，感覺不到絲毫鬼氣，心中不免納悶。

當晚在旅店翻《鬼城游考》，讀到唐代進士呂純陽到平都山尋訪王方平、陰長生不遇，留下「盂蘭清曉過平都，天下名山總不如，兩口單行誰解識，王陰空使馬蹄虛」的詩句，輾轉流傳，王陰後來誤傳為陰王——陰間之王，亦即閻羅王，豐都因而也被傳說為地府陰曹了。

翌日大清早走上平都山，進入傳說中的幽冥鬼府，過了鬼門關、陰陽界、奈何橋、孟婆茶店、東西地獄、無常殿、望鄉台……那些人工化的鬼界建築，不過是遊人拍照留念的「佈景」，把平都山修飾成一座遊樂場，走在其間，不禁想起虎豹別墅，真的，那不過是規模較大、歷史源流較為長遠的虎豹別墅而已。然而，在望鄉台上回首「人間」，看罩着晨霧的長江，也看對岸低矮連綿、深淺層疊的山巒，倒是有點像「仙界」了。在平都山上俯瞰，長江也變得有點飄逸流麗了，不再是在重慶、涪陵、白帝城所見的那一條或沉鬱、或繁鬧、或險峻的江水。

這時，江水兩岸又叮叮、叮叮、叮叮的響起此起彼落的砸石聲。

在平都山上，不但不覺陰冥之氣，反而看到一場充滿剛陽味道的競技。在大雄殿門外右側，有一座鐵鐙，名叫星辰鏡，下半鏡嵌於地中，中心有直徑約吋許的半球形向上凸起；上半鐙是活動的半球形鐵塊，直徑約為一呎，底部有凹入圓滿，與下半鐙凸起的半球可相納套。好幾名壯漢輪流試將上半鐙捧起，套在下半鐙上面，但都失敗了。其後一名圍觀者在鐵鏡前盤馬彎腰，雙掌擦點沙泥，大叫一聲，運腕力捧起鐵鐙，使上下兩半重合，登時金屬碰擊之聲混和着一陣掌聲。

一會兒又沉靜下來了。走下斜坡，穿過林蔭小徑，拐個彎，崖壁忽現大缺口，涼風過處，迎面湧過來一片大江的呼吸聲：達達的航船、嗚嗚的汽笛，與叮叮的砸石聲互相和應。

黃山紀略

一

廿二歲就開始「問奇於名山大川」的徐弘祖，曾兩訪黃山。

第一次經湯泉過慈光寺，從左路登山，即沿今人所謂「前山」而上，在山中九日，最後經文殊院（即今玉屏樓）下山，時年三十。

第二次望硃砂庵而登，越天都之脅，所走的也是前山路線，在山中三日，轉循太平縣路而去，時年三十二。

他兩訪黃山後，有此評說：「薄海內外無為徽之黃山，登黃山天下無山，觀止矣！」又說：「五嶽歸來不看山，黃山歸來不看嶽。」

徐弘祖是能寫好文章的旅遊家，黃山經他品評，竟又把五嶽比了下去，然而，他遊黃山之時，還有庵寺避雪和悽宿，比他早二百八十年登山的宋人吳龍翰，卻夜宿「霜月洗空」的蓮花峰頂。

吳龍翰是安徽歙縣人，黃山近在眼前，但登山時「餐胡麻飯，掬泉飲之，不火者三日。從老皆無人色，卒不能從。」雖說「他年志願俱畢，無忘此山」，畢竟道路險阻，旅途艱苦，令晚來者望山生畏了。

如今到黃山去，也不見得輕鬆。黃山偏處安徽歙縣、黟縣、太平、旌德之中，交通阻隔，東距杭州二百八十七公里，上海四百六十五公里；北距南京三百二十一公里，蕪湖二百一十八公里；自西南面的景德鎮出發，也有二百七十四公里的距離……無論從那一個有鐵路可通的大城鎮啟程，也得要坐上半天的公車。

公車沿湯口蜿蜒登山，直達溫泉區，今人比古人少走五華里，已然登上六百三十公尺的高度，且有挑夫運送糧食，山中又有賓館住宿，今人登山已比古人少吃許多苦了。

五嶽我只攀過其一，就是東嶽泰山。且不提我沒有到過的四嶽，單以東嶽而言，黃山歸來之後，倒覺得泰山還是可看的，「不看嶽」、「觀止矣」之說，大抵一則由於黃山偏僻險阻，滿足了登臨者的征服感；二則由於山中風景晨昏陰晴變幻不定，兼容了山嶽複雜的性格，並且山中有山，峰外有峰，視界層層開展，內容好像比峰脈賓主分明的泰山要豐富。

黃山儘管兼容了山嶽複雜的性格，但肯定概括不了泰山的雄奇剛銳。王思任《泰山記》說得好：「人身七尺，眼僅寸餘，所見者百里而域。泰山有丈目，即可以通萬里，乃其軀四千尺，當如何視海甸耶？」山不在高，泰山高不過一千五百二十四公尺，然則拔地而起，極目平原，視界又和峰外有峰的黃山截然不同。

二

黃山古稱黟山，黟者，黑而多也；黑者，望山生畏的揣度而已；多者，想是山峰眾多之意吧。

至唐代，傳說黃帝採藥煉丹於斯，唐玄宗信以為真，下諭改為黃山。黃山有三十六大峰，三十六小峰，人稱五百里黃山，區分六海，即前海、後海、天海、東海、西海及北海，晴天時山氣在陽光蒸發下浮移，陰天時霾雲凝聚濃密沉厚，雨天時霧氣飄渺不定，身在山中，都有面對蒼茫大海的感覺。我們在山中四日，前後只見過不足一個小時的稀薄雲海，倒也覺得以海分區極有道理。

所謂「搜盡奇峰打草稿」，像我這樣不懂畫道的一個人，也在黃山群峰之間，看得目瞪口呆。頭一天登始信峰，天晴氣朗，每走一步，石笋矼上排排參差矗立的笋住，便在眼前升騰而起，在峰頂近觀，石笋矼自谷底成九十度拔地而起，笋柱錯亂有序，紋理皺疊有緻，俯瞰時雙足為之浮軟，平視仰望，心神為之豁朗開闊，信黃山峰巒之奇，於是乎始。

沿獅子峰脊西走，過獅頸、登獅頭，初疑無路，穿松而出，頓見千層山廓逆光矗立，眼前石峙橫亙，崒外峰群在夕陽下幻浮天際，光影漸遠淺漸眩目，黃山峰巒之奇，更深信不疑了。

第二天自北海西走排雲亭，一路雨霧飄忽，天色暝晦，在雲排亭前看西海，但見霧雨後隱隱山色，極目空濛，然後，霧海隨氣流橫移，冥冥中似有神力推開沉厚的紗幔，眼前閃現一幅峭拔的嶂崖，視野開朗不了幾秒鐘，霧雨又從谷底急湧而起！漸濃漸密，又回復先前的霧海鴻濛了。霧雨中的黃山，又比艷陽下的黃山多了一份婉約轉折。

所謂奇觀，尚未嘆止，且聽我道來。

第三日過鰲魚洞，登蓮花峰。山中依然包孕霧雨，扶杖登峰，過蓮梗，穿四洞，有鐵索作扶手的棧道升騰天際，兩側盡是峭崖，石級沿陡直山坡鑿出，每跨一步，霧海裏隱約峰巒便下沉幾呎，幾疑步步登天了。蓮花峰據說海拔一千八百六十公尺，乃黃山絕頂，華東第二高峰，然而，在蒼茫霧海裏，只知前行攀登，足下山海旋旋沉墜，至絕頂，雲霧一色，倒又不覺其高。絕頂縱橫不過廿呎，有鐵鍊石甍圍繞，圍生了二、三十人，風急氣薄，極目處不過十呎，所見盡是欣悅的人面，實在是一幅天上人間的景象了。

第四日自文殊院下行，穿文殊洞，沿螺旋梯道而出，時霧氣似竭未竭，陽光受雲霧重重圍困，似出而未出，過石壁夾縫巷道落到洞底，回首只見空濛一線，才驚覺自己從天而降。再下小心坡，右邊深壑已漸朗闊，隱約有雲影日光，左邊懸崖卻依然灰濛一片，前望谷底，有奇峰拔起，那是天都峰了。

隔谷遙望，天都有峰直天梯，梯上人影蠕動。人說「不上天都峰，白走一場空」，看天梯攀升霄漢，已深信不疑，及至攀盡天梯，過石屏風，抵着魚背，走在寬不過三呎的山巔脊上，兩旁是深不見底的淵谷，扶着鐵索步步為營地前走，腳底浮虛得有如騰雲駕霧，膽為之顫，心為之寒，短短數十呎的山脊，一路上相識或不相識的人互相鼓勵前行和提示告誡，大抵是此生走得最真最誠懇的一段窄路了。

登上天都峰頂，霧氣漸薄，飄渺游移間光影若隱若現，人好像站在海角之濱，浩浩乎海氣連綿萬里，無際無涯，群峰若島，似有若無，視界時朗時晦，有人在鐵鍊上扣上小鎖，有人在刻刻變幻的光影裏拍照留念，亦「到此一遊」之見證也。然則金屬鎖和旅遊照片只見證遊蹤所至，天梯的奇幻縹緲，又豈是鎖得牢，將一角光影所留得住的？

黃山之奇，當不止於峰巒的多變，為文記之，不過浮光掠影，就當作他日重遊的參考筆記好了。

松前城花見

一

五月上旬了，札幌的早晚猶帶輕寒，櫻花一朵也沒開。小樽和暖了些，偶爾碰見一棵半棵似開未開。

函館更暖，可是風大，旅館的服務員說，去五稜郭碰碰運氣吧，一兩天內要開了。去了，也只見三幾棵剛開，開得很薄，很白，開得燦爛的，倒是遍地嫩黃的小雛菊。

沿着鐵路南下，一天暖似一天，到處都是一群一群的大烏鴉，絮絮聒聒，吵得心煩；海濱湖畔也有成群的燕鷗，急衝、低飛、急停、凌空凝止，啄去遊人手中的飼料。好是好，可還缺些甚麼。

周遭遍佈活火山的洞爺湖可真暖，暖得不能再暖，再暖就不叫暖，而是熱了。倒是露天泡木桶溫泉的好地方，白天遙望羊蹄雪山，晚上臥看漫天花火，泡得冒汗，淋幾杓冰水，愈淋便愈覺渾身發燙。

有很多蒼翠的松樹，熏風過處，老聞到帶硫味的松香。那就很好，可還缺些甚麼。

終於按捺不住了，大清早乘半小時火車到木古內，轉乘一個半小時公車，便到了最南方的小城松前。還不到九時，小城有些冷清，餓甚，走了一圈，食店都沒開門。只好空着肚子登山，還沒入城，便見一傘一傘粉紅透白的櫻海，撲面而來。都有名字：南殿、雨宿、蝦夷霞櫻、血脈櫻……都開得透了。

原來櫻花一開，春意便鬧，可鬧得安靜。日本人所說的「花見」（Hanami），是賞花，可又不光是賞花，就像茶道不光是喝茶，花道不光是插花，還有別的甚麼，比方說，喝一點酒，讀一點詩，會一點餐，悟一點道，等等。

櫻花開不了幾天便落，落得淒艷而荒涼，這花見，是相見歡，也是相見曾如不見。匆匆見了，才了悟小聚是為了小別，便得苦候一年，見盡一年的尋常，才懂得珍惜這片刻燦爛的淒酸。

二

櫻花由三月開到五月，由南方開到北方，都有華美的名字：福島的三春瀧櫻、岐阜的淡墨櫻、山梨的山高神代櫻、岩手的石割櫻、山形的久保櫻、京都的枝垂櫻、奈良的兵衛櫻、松前城的血脈櫻……

花期到了，這些名字彷彿在耳畔呢喃：

莎姑啦，相見嗎？莎姑啦，相見嗎？

櫻花七日，相見也散，不見也散，這約會很美麗，但很決絕。

從木古內乘公車到松前古城，沿途海岸蜿蜒，拐過一道一道的岬，千迴百轉，漫無盡頭。這旅程彷彿就是「花見」前傳：櫻是八重櫻，赴約路上，也該有八重天涯海角。八重是層疊的山水，是華麗的八潮衣，是世俗的禮，是跌宕的韻，是婉約的美學。

過了白神岬，便見松前櫻。血脈櫻佇立於光善寺庭前，開得眩目極了。寺是鬼魂的住處，一年也只有這短短「花見」之期，長年陰玄幽森的院落，忽爾給映照得燦然明麗，這場壯麗的生死之約，應合了一個傳說，櫻花精靈報夢：生死且與共，血脈毋斷絕……

唐人也詠櫻，猶如長洲三月也有櫻期。

白樂天詩說：「小園新種紅櫻樹，閒繞花枝便當遊」，又說「藹藹美周宅，櫻繁春日斜」。

李義山也有詩說：「何處哀箏隨急管，櫻花永巷垂楊岸」。

唐人櫻與櫻桃不分，其實也不必太計較，春光與花期總是歡情太暫，看過了便歸去勞碌一年，再無餘事了。

元人郭翼說「柳色青堪把，櫻花雪未乾」。

明人于若瀛說「三月雨聲細，櫻花疑杏花」，諒與《萬葉集》所載的櫻花同一血脈。

至於蘇曼殊所說的「春雨樓頭尺八簫，何時歸看浙江潮？芒鞋破缽無人識，踏過櫻花第幾橋」，倒是實地觀察，觸景動情，詩中淒美倒映於眼下的血脈櫻，更覺傳神了。

卷三　縫紉機和雨傘

海灣

有一年夏天，帶了幾張ＣＤ和幾本書來看你。

坐在你的書桌旁，隔着半掩的窗戶，望向露台外的海灣一角，你端來一壺花茶，我們便一起聽馬勒，一起喝茶，不一會，你說：出去看看吧。

走出露台，陽光從海灣那邊湧過來，燦花花的一大片，要皺一皺眉，把瞳孔收縮，好幾秒才校正了焦點，再把眉頭放鬆，才可以適應突然湧至的光暈。

你指着海灣對岸的遠山，說：「知道那裏是甚麼地方嗎？」

當然知道，便說：「實在喜歡這海灣。」海灣的這邊和那邊，相看兩不厭。

喜歡這海灣，在陽光蒸發下銀粼粼一片，很有點煙水茫茫，卻看不見這樣那樣的暗湧，從露台望出去，視野豁朗，你說：「黃昏之後，這海灣更好看呢。」我說：「大白天的風景也不壞。」卻在想像，那躲在風景背後的一句話。走回室內，眼前依然是一團眩目的光暈，好幾秒鐘之後，室內的景象才能在眼前調整過來，回復本來樸素的面貌。

在望向露台外海港一角的書桌前，談起一些往事，談起熟悉或者陌生的人，有些人從這裏到那裏，有些人從那裏來這裏，就像從室內走出露台，在燦花花的光暈裏感到目眩；或從露台走回室內，適應不了忽然轉弱的光度。

兩個人有太多話要說，音樂很好，花茶也很好，於是都靜默了。

靜默夠了，你便帶引着我，從灣畔的房子走出塵土飛揚的大路，穿過了一幢幢在施工的樓房，走下山崗，在敷着灰色水泥和架着褐色鋼筋的建築物縫隙，也窺見一小幅一小幅的港灣，你說：「遲些時工程完了，一切都會改觀。」

我們沿着大路轉到泥路，一會兒避開一個泥濘，一會兒繞過一堆沙土，身旁不時有推着獨輪車或扛着大椿的工人走過，轉一個彎，迎着粼閃閃的海灣走去。

你一再說：「這裏的生活簡靜，遲些日子房子都蓋好了，便可以安頓下來了。」你似乎要我明白，路不好走只是由於工程正在進行，眼前的紛亂只是過渡期……然後又跨過了路旁的幾塊敷着水泥的木板，避開一輛運載建築材料的貨車。

拐過海灣一角，走出公路的時候，停下來看那給陽光蒸曬得有點沸騰的海灣，看那銀白裏的灰濛濛，你問：「從那邊望過來，會不會也是如此好看？」

也不大清楚，每次經過這海灣，都會猜想對岸最高的山峰，叫甚麼嶺？倒轉了觀看的方法，還可以辨認出倒轉過來的山嗎？

或者推翻先前的想法，相信最高的山峰，有一個熟悉但一時叫不出來的名字；在海灣的另一邊走過不知多少次了，只記得那一帶曾經是明麗的水鄉，有古老的圍村，有入圍村的石橋，有寬廣的曬場。

也許，回去後也應到那裏走走，隔着海灣看過來，好好記住，下一次告訴你倒過來看的感覺吧。

也許，若干年後，這裏和那裏隔着海灣遙望，都可以看見沿岸鱗次櫛比的高樓了，便說：「圍村快要給移平了，不多久就會像這兒一樣，揚起一陣塵土了。」

你說：「那時候你乘船過來好了，我在碼頭等你。」

音樂是好的，花茶是好的，風景和想像也是好的，但在兩個人之間，是一個海灣，沒有橋，有看不見的暗湧。

你送我到公路，叫我珍重，我說：「會再來的，為了這風景極好的海灣。」

我們其實都熟悉了交換觀看的位置，隔着一個海灣，總是切身處地的觀看，或回望，這裏和那裏的風景，但永遠沒法看見，鎖在心裏的一句話。

湄公河渡輪上的11、22和33

一

我想走到你身邊，擦擦手掌，呵一口氣，對你說：我其實認識你很久了。但我還是站在河邊，風大，吹亂了斑灰的髮，散落在湄公河泥色的河水，隱約看見，我的十六歲在夕照裏閃光，啊，原來我的少女已經五十五歲了。

便想起一篇少女日記：「那是一種美麗。驚慌美麗心動美麗感動美麗不知所措美麗。整天，我就看着照片發呆，我就看着照片傻笑。或者美麗不應該用來形容男生，但你微笑的時候竟有一種媚態，我覺得你笑得好嫵媚。突然就有一種得到釋放的感覺，然後我覺得我會因為你這樣的微笑或嫵媚而能夠過好每一天。我突然就覺得我終於有勇氣走到你的跟前，跟你說一句：唏，好久不見，你很美麗。」這美麗，這少女，這日記，遺失在湄公河的渡船上。

二

十六歲那一年回家：油塘邨第十六座，我在那裏遺失了11。尖沙咀有一條小小的橫街，叫康和里，有一間小酒吧，叫Good Luck Café，我在那裏遺失了22。中環拱北行有一個會所，有餐樓，盡頭是撞球室，我在那裏遺失了33。

有一天，三個十六歲的地標忽然消失了，11、22和33便一直匿藏在眼鏡和眼球之間。脫下眼鏡，世界便失去焦點，捏一下眼，看見11；捏兩下，看見22；捏三下，看見33；誰可告訴我，為甚麼一直以來，11、22和33不會同時被看見？

三

很多年後，在西貢一家老郵局收到一個包裹，裏面有一本黃碧雲的小說，其中一篇說，西貢有三個Veronica，男子在不同年代看到這女子不同的面容。小說裏夾着一首詩，其中三句說：

被雨淋濕的關係在敘述之時獲得親密
我們一起把生活剪成一個最奇妙的盆子吧
即使命運先生一直覺得人類如此像一株蒲公英

很奇怪，這三行詩像解咒，我再記不起11、22和33的樣子了，無論我揑了多少下眼睛。

然後便在河畔的小酒館喝醉了，醒來失憶，管房說：知不知道是兩個女孩子送你回家？感謝上帝，幸好不是三個。然後用一個四方形的陶土龍紋筆筒沖了一杯茶，喝了一口，舌頭上殘留一小粒染藍了的陶屑，還是覺得茶很香。便想起一個降雪的早上，我的少女給我沖了一杯咖啡，很鹹，還是喝光了，她一直不知道下了兩茶匙的鹽，而不是糖。茶是11。咖啡是22。

佛洛伊德（Sigmund Freud）說：德語所說的vergessen（遺忘）、versprechen（語誤）、verlesen（誤讀）、verschreiben（筆誤）、vergreifen（誤導、錯奏）等等，都用了前綴ver-，相當於英語前綴mis-，那是「迷誤」的意思。Ver-和mis-都是33。

四

我一個人住在順化的小旅館，計劃到老撾尋找一個小鎮，據說在那兒住一天就像兩天那麼漫長，餘生彷彿因而悠長了，忽然想，不如學織毛衣。給11、22和33各織一件，還沒想好三件毛衣的顏色。只是想：三件毛衣都有敏感的毛粒，貼在11、22和33的身上，那就很好。

11、22和33已經消失多年了。有一天在湄公河的渡輪上收到三個SMS，都說：好喜歡你織的毛衣，但你忘記了11／22／33都長大了，毛衣太小了，都不合身了。

舊城一日遊

一

據說這家旅館從前是水客和回鄉客歇腳的地方，樓下有好一些店鋪，賣香煙、毛巾、牙刷、成藥，也代售車票和船票。

我們住在八樓，房間盡頭有一排向海的窗，窗外有幾個巨大的舊式霓虹光管招牌，招牌的倒影在暗黑的海水裏蕩來蕩去，愈看愈像懷舊電影的布景。

床上鋪了微微發黃的白床單，高曠的天花板隱約有些水漬，躺在床上仰望，像陰陰欲雨的天空。這一夜，我們就睡在這片小小的天空下，或者會夢見自己撐着一把擋不住暴風雨的傘。

我們乘一個小時船來到舊城，儘管要過兩邊海關，感覺倒像到離島郊遊。一個城市回歸了，跟着是另一個。一個城市有它的風暴，另一個也有它的暴潮。我們來到舊城，是不是要重溫回歸前夕的錯亂和不安？碼頭一帶有很多新建築物，可是入城後就發覺街景依舊，依然保留着舊城的風采，崗上與灣畔的房子和街景猶帶往日的南歐風情，吃過晚飯在街上散步，倒覺得分明是個褪色的華人舊社區。時光或停滯或倒退，約略似夢迷離。

新建的酒店都在城市邊緣，但我們偏偏在城中轉來轉去，終於找到而且住進這家像舊城一般破落的旅館。整個晚上嗅到一陣彷彿殘存了差不多一個世紀的奇異氣味，浸浮在舊式霓虹光管透窗入室的虛幻光影裏，躺在床上，如在船上飄浮。於是，想起二十年或者二十五年前，在這裏讀過周夢蝶的一首詩：

是水負載着船和我行走？
抑或我行走，負載着船和水？

歷史也許就是那麼的一回事：一場雨，一場風暴，一把雨傘，措手不及或望眼欲穿，過後是一些水漬，以及水漬的記憶或不復記憶；或者，一程水路，一條船，一個自己，事後再弄不清楚三者的關係了。

如此這般，就過了半生。

二

出去吃晚飯，在電梯碰見同船到來的一對青年夫婦，那個丈夫向我們點點頭，四個人在電梯裏沉默地望着顯示數字的燈號。走出電梯時，那個丈夫忽然掉頭對我說：這裏像不像舊式醫院？那個妻子拍了丈夫的手臂一下，邊笑邊瞪大眼睛。

我說：不是醫院，是傷兵醫院。四個人打哈哈，然後一對向東走，一對向西走。

其實是互不相識的，甚至不知對方姓甚名誰，連番偶遇，算是緣分了。住進一家傷兵醫院（〈傾城之戀〉的淺水灣酒店，戰時也像傷兵醫院），是不是有點像隔世的恐怖劇？偷得浮生半日閒，來到舊城，總是有點心不在焉，總是胡思亂想，總是放不下另一個城市的慘霧愁雲。

我們的行囊裏有一份日報，記載着一個城市在一天裏發生的大事小事。我們的旅館房間有一部電視機，可以收看一個城市在一天裏的大變小變。舊城跟那個城市一衣帶水，雞犬相聞，而且有着同一的歷史傷痕——昆德拉（Milan Kundera）說：魔鬼來自外部，它叫做歷史傷痕。

躺在床上，看見天花板的水漬，想着一年後這裏也有一場歷史盛典，也想起半生之前在這裏過了溫柔的一夜。不知是不是太疲倦了。忽然覺得歷史的本質原來是非人的、非理性的、不可控制、無可理喻、無從預測……它既不來自內心，不可能僅僅往內心探究便發現它的底蘊。

疲極入睡，一宿無話。

三

我們大清早退了房間，不想再回到那裏去了。

我們到半山散步，在晨霧裏辨認昔日灣畔的露天咖啡座，彷彿要在辨認的過程重讀一些年輕的記憶。

然後找到一家典雅的葡國餐廳，喝熱騰騰而略帶苦澀的濃咖啡，吃微微烘焦了的新鮮牛角包。

舊城裏也有如船過水的流光，也有碎石小路旁年年新長的青苔和草葉，也有雨過天青把傘收好的清新氣息，我們也曾像旅館那對夫婦那樣年輕。

人在船上，船在水上，水在無盡上。水是如夢如幻的流動光陰，二十年前還是二十五年前我們一起來過舊城，那時世界好像也很不景氣，但我們的日子卻是無憂的。

歷史在一程水路之間來了又去了，我們看着船艙外快速後退的浪中風景，我們要回家去了，回去看看窗有沒有關好門有沒有鎖好，看看有沒有忘記熄火有沒有忘記關水喉。

聲音的碎片

一

昨晚他喝得太多了，醒來的時候，他感到頭痛欲裂，然後，躺在床上，收拾滿腦子的夢之碎片……

他嗅到一陣發霉的氣味，比如說死老鼠、積水的棉被、生了蟲的鹹魚、爬滿千足蟲的花架、長出一層灰綠的即食麵、流着冷血水的腐屍……等等。

夢境是在甚麼時候開始潰爛的？他漸漸斷定，是那些腐化潰爛的東西，令他頭痛，令他的夢裂成碎片。

他喃喃自語：一定不是這個早上開始的，也不可能是昨日，那樣的氣味至少醞釀了兩三個月，甚或兩三年，甚或十年二十年三十年……

有人咳嗽了兩聲，乾巴巴的，很假。靜下來，有些聲音的碎片在耳畔交纏。

——不如我們談談別的好不好？對了，換了BNO沒有？到底是不是原居民？要不要捍衛傳統習俗？

——要不要來一杯冰凍的玫瑰紅？黃昏時坐在西斜的窗前，飲一杯冰凍的玫瑰紅，看着日落，一起享受頹廢。

——是的，鴨子的屁股可沒有孔雀的那麼醜陋。

——這幾天可真悶死人了，該找個人來吵吵架……

又有人咳了兩聲，比宿醉的喉頭還要乾，跟着，交纏的聲音碎片又在耳畔響起來了。

——先生，請退回黃線之後。先生，請不要吸煙。

——唔，讓我想想，大衛曲巴菲恐怕不認識湯姆帥亞。那一對雌雄大盜該是相愛的，可是……

——春天在兩個月前已經退房了，我們甚至懷疑，它是用假名登記的。先生，你是訂了座，可是那齣戲兩個月前已演過了……

——沒有副作用，要是有，只是心理作用吧！

二

這些日子他讀了一些波德萊爾（Charles Baudelaire），比如這一首〈血泉〉（*La Fontaine du sang*，英譯 *The Fountain of Blood*）：

有時我感覺自己在大量失血，
彷彿一道湧泉有節奏地啜泣。
我讀到血在嘩啦嘩啦地流瀉，
可是摸來摸去，卻摸不着傷口。

他有一段日子非常喜愛波德萊爾，並且在波德萊爾的文字裏感應着那種獨特的頹廢，甚至相信，頹廢裏面並不是空空如也的，而是有着對世界、對生命、對他人、對事物的溫愛。是的，溫愛。

他於是以為夢境和石頭一樣堅實，無論如何也不可能像這個早上那樣潰爛起來的。他弄不清楚那潰爛的氣味從何而來，只知道那氣味匿藏和散發於一堆夢的碎片。氣味裏飄浮着一些甚麼，他想起撒鹽空中以及柳絮因風起這兩個比喻，倒覺得鹽比柳絮好一點，至少鹽比柳絮更切合他此刻的心情。

至少鹽比柳絮苦。至少鹽有防腐作用。

聲音的碎片像鹽，撒於空中，落在他身上，落在他沒有傷口的、大量失血的身上。

——對不起，小姐，你不是第一個，我想也不會是最後一個……對不起，暫時沒興趣跟你吵架……

——這是你的口供，如果沒問題，在上面簽個字。

——我們查過了，是有那麼的一張名單，但名單上可沒有你的名字。至於其他，無可奉告。

——是的，那天的陽光十分明麗，但那是地球之南，月亮之西，這座浮城卻下着毛毛雨呢。

——我想你是誤會了，我只是說如果我們有過快樂的日子……請注意，我是說：如果。

一杯牛奶的故事

一

桌上放了一杯牛奶。

一直不喜歡牛奶，也不喜歡礦泉水，以及一切酸性或鹼性的所謂健康飲品。

不喜歡任何強調潔淨、健康、正派、幸福……的一切飲料。

但雪櫃裏只有啤酒，以及一瓶牛奶。不是沒有選擇，只是非此即彼，機會一半一半。

牛奶是妹妹買來的。

她又不是不知道：她的哥哥不喜歡牛奶。但還是買來了。

放在雪櫃裏，怕有兩個星期了（還是三個星期呢？）。

這個時候，頭還在痛，口乾，不想喝啤酒，於是打開那瓶牛奶，倒滿了一杯，想着：喝呢？還是不喝？是的，這個時候還可以選擇：

A：喝掉；

B：不喝。

To be, or not to be.

牛奶很冷，冷得像凝結了似的。

對了，應該是冷的。天氣冷，而且在冰箱裏，一冰就冰了兩個星期，或者三個星期。

冷，但不再新鮮了。

所以也不涉潔淨、健康、正派、幸福……等等。這樣說來，喝掉它也沒大問題，反正不違背自己的原則。

況且也再沒有別的選擇了。反正口乾，想喝點甚麼，不含酒精的、冰冷的……

……等等。

牛奶有很多故事。這一瓶恐怕也有一些，只是不知道從何說起。

比如說妹妹吧。她去了一趟波士頓，才三、四個月，又回來了。回來後，老在我家收收拾拾。然後，要找的書本、報章、雜誌、影印文件等等，老找不到，而我不要喝的東西（比如牛奶）卻在雪櫃裏出現；要做的夢大概再做不成了，不要的東西，比如牽掛，卻在房子裏的每一角落埋伏着。

二

話說一杯冷冰冰的牛奶，放在桌上，心老在猶猶豫豫：喝呢？還是不喝（因為不喜歡一切健康、潔淨、正派、幸福……等等的飲料，包括牛奶）？

牛奶是妹妹買來的。不想責怪她，她也有很多不快樂的故事。她去了一趟波士頓，住了才三、四個月，留下了女兒，自己跑回來，她大概沒事可做，才常常到哥哥的家收拾收拾。

她只是想做一點事，好讓她的哥哥活得不那麼混亂，不那麼寒傖。是的，她大概希望她的哥哥活得潔淨些、正派些、健康些、幸福些……等等。

她沒有做錯任何事。

要是冰箱再沒有牛奶了——她想也沒想過：可能是倒掉了——她大概以為她的哥哥愛喝，下一回又買來了。

收拾得整整齊齊的東西要是再次亂了，她大概還會按照自己單方面的想法，再次收拾出一個新秩序吧。

實在沒法子。她沒有做錯任何事。

實在沒法子。她一定記得，二十年前，她瘦弱的哥哥在夜裏手持一根球棒（想想，球棒比她哥哥的手臂還要粗壯一些），在巴士站等她，接她回家。

實在沒法子。她一定記得，差不多三十年前，她第一次上學，是她的哥哥送她到學校去的。她一定記得，那一天，她拉着哥哥的手，哭着，老不願放手。

都已經是陳年往事了。她也有她的兒女，她也有她的家，她像每一個人那樣，經歷了一些生活，不大如意。

所以還是讓她繼續買牛奶回來，還是讓她把零亂的房子收拾得整整齊齊。還是讓她夢想哥哥活得潔淨些、正派些、健康些、幸福些……等等。

冰牛奶在冰涼的磁盆裏半凝滯，流走了一些，也有一些不流不走。

想抄一點詩卻滿腦子凝白，如冰牛奶。

在前院呆了大半生

一

在飯堂吃晚飯的時候，一起打瞌睡，N說，放三、四天假就好了。都渴望放假，好好的睡十來個小時，或者去曬曬太陽，或者一口氣看幾隻影碟，或者乾脆甚麼事情都不做，純懶惰，讓四肢、五官、五臟、以及腦袋，徹底休息。那是由於疲倦。身心皆疲、皆倦。說着說着，都在對方身上看見自己的慵怠了。於是說，有點像埃利蒂斯（Odysseus Elytis）所說的「充滿藍色回想的年齡」呢。藍色回想裏有「剛剛洗淨的白色感情／軀體充溢着太陽的健壯」，此刻身旁「放着一罐不死的水」——

都遠去了，所以才說回想。

都說：原來並不是那麼進取的人。都說：讀了《清貧之思想》，有點心領神會。都說：不覺秋涼了，還沒有看清楚夏天的陽光呢……說着說着，藍色也約略鋪了一層灰了。

——或者去泡半天溫泉，冒着汗，閉上眼睛，想想自己的前半生。

——或者去離島的露天咖啡座、架上淺藍色的太陽眼鏡看海，看鳥和風箏。

——或者去竹林裏的茶館裏呷幾口茶，看茶盅裏的茶葉浮浮沉沉，或聚或散。

——或者在睡夢中尋找遺失了的東西，去到一個陌生的地方，遇到一些陌生的人。

好了，飯涼了，湯涼了。話也說得八八九九了，始終要回到案頭，回到會議室，回到一個上了發條的世界。

在前院呆了大半生，很院原來已經雜草叢生，一片荒蕪了。一個患了支氣管炎，一個患了工作恐懼症；一個渴望早點下班回家，一個害怕下了班之後不知到那裏消磨下半夜。

都應該好好的放假了。

二

已經倦於再說「疲倦」兩個字了，因為總是想着：剩下來的好日子恐怕不多了。

有一個星期天，足足睡了十二個小時，醒來還在灑遍一室的日光裏呆坐，良久，漸覺生命在日影游移之間虛耗着，可又沒法即時指使身體和四肢勤快起來，那種無助的懊惱，困擾着自己，於是決定要愛惜有生之年了。

勞動然後汗濕一身的感覺實在好，有着十分充盈、十分確實的感覺。抹去了一層又一層薄薄的灰塵，洗掉一小片又一小片的污漬，器物漸漸亮起一抹輕淡而暢朗的光澤——朝夕打掃，不染塵埃。

整齊而潔亮的生活總教人生起幻覺，似有還無的反光總是充滿生機，充滿泡沫一樣的飽滿感……等等。

歐陽江河一首詩叫做〈烏鴉〉，把許多不吉之兆轉化為流麗的幻象，轉化為「比冷卻和消亡更黑的終極之愛」：

然而我們一生中從未有過真正的黑夜
在白晝，太陽傾瀉烏鴉，
幸福是陰鬱的，當月亮落到刀鋒上，
當我們的四肢像淚水灑在昨天
反覆凍結。火和空氣在屋子裏燃燒，
客廳從肩膀上滑落下來，
往來的客人坐進烏鴉的懷抱。
每一隻烏鴉帶給我們兩種溫柔。
這至愛的言詞：如果愛還來得及說出。

我們從未看見比一隻烏鴉更多的美麗。
一個赤露的女人從午夜焚燒到天明。

好了，這是烏鴉之戀：一個人跟一隻不存在的（幻象的）烏鴉的不倫之戀。唯烏黑裏的光芒最美，唯遍野鴉叫的山最清幽……所以，已經倦於再說「疲倦」兩個字了。

或者讀一陣子《伊甸園之門》（*Gates of Eden*），或者翻一陣子《在路上》（*On the Road*），聽聽約翰連儂（John Lennon）或者西蒙與加芬高（Simon And Garfunkel），聽聽電話筒傳來的一段錄音……滿室都是檸檬洗潔精的氣味，於是，烏鴉就坐在沙發上微笑了。

三

老想不起一把暗綠與淺灰間成格子的雨傘遺失在哪一個地方，可記得持傘走過一些地點，這個雨天那個雨天跟誰見過面。

老想不起一個刻有暗花紋的銀色打火機放在哪一個角落，可記得有一次在咖啡室裏曾經用那個打火機燒掉一張寫滿小字的紙。

老想不起一張溶掉了好幾朵雪花的明信片夾在哪一本書裏，可記得上面的一些字句，以及寫字的人有一份輕淡如雪花溶化的心情。

老想不起在哪一本詩集裏有大約是這樣子的五行詩（可記得大意約莫如此）：

沒有了此時已不存在的一方
手絹，日子纏結起來變成了
一個連綿的消逝
一個記憶猶新的傷口
一口深若無底的井

老想不起一個或許是想像出來的人，那個人或許住在想像的河邊的一幢想像的房子裏，周圍大概有一些想像的樹，想像的房子裏有一幅想像的牆掛着一幅想像的畫，畫中人或許就是那個想像的人……等等。

老想不起一些。卻老想像着另一些。

這或許是個始終都空空如也的世界，所以老想不起內裏的一些人、一些事、一些物、一些情。

為甚麼老在執着於一些可能在此時已不存在的東西呢？這些東西多半是抽象的，或許只是想像的。

「空諸所有」也許是不難明白的。

問題只是：如何才可以拋開「實諸所無」的心障呢？

雨傘、打火機、明信片、手絹及其他，物猶如此，人何以堪？

四

好比走在樓梯上，由一層樓走到另一層。歐陽江河有一首詩，也叫〈樓梯〉，在很多年前寄來，一直在抽屜裏，抄在下面，好讓它表白自己的立場：

進一個房間
先要路過一段鋼琴
它傾斜如停止
一個人入睡前
腰向頸顱走去

輪廓晃動
以一擋十

人命關天高不可問
房間起落在鍵上
白天的手彈奏夜曲
樓梯
昨夜鋼琴的女兒

她使今夜變得很窄
如一次拐彎
進另一個房間
彈別的曲子

那好像是歐陽在五年前寫給今時今日的我。是的，今天由一個階段走到另一個，其實像走一條樓梯（上屋搬下屋？），從一個房間走到另一個，拐一個彎，如此而已。

所以，沒有甚麼大不了。

然後，中間有一些過場的音樂，有一段過渡期（白天的手彈奏夜曲，梯子有時傾斜如停止……等等）。

有一段日子，常常對自己灰心（就好像二十多年前，父親對他一事無成，且又無心向學的兒子感到灰心）。

其後，發覺還是愛惜自己的（就好像二十多年前的一個夏夜，父親對兒子說：還想不想唸書……）。

走一條樓梯，拐一個彎，走到另一間房子，走到一個陌生的地方，在這樣的一個過程中，把剩餘的浪漫以及感傷，一次過蒸發掉。

此刻，聽着白天的手彈奏夜曲，居然聽出了一點點的悲哀。之後，就忘了，是另一個階段的生活，是另一段可能快樂也可能不快樂的歲月。誰知道。

樓梯是自己走的。房間也是。

蛛網塵封的日子

一

漸漸才發覺，房子的好一些角落，已經有點蛛網塵封了。

五年了，新房子變成舊房子，其中三個房客在地球的另一邊，有時看鐘看表，都不免想：下午二時，那裏是凌晨二時了，晚上十一時，那裏是上午十一時了；於是便想起四個人在這房子裏的往事。

那些蛛網塵封是在甚麼時候出現的呢？

一個多月前好像是沒有的。

過去半年，留在房子的時間愈來愈少，大清早出去，凌晨才回來，睡一覺吧了，恐怕沒有閒暇留意這房子的動靜，也許蛛網塵封是有過的，又給灑掃抹掉了——那天跟阿關提起，他笑說：是不是到了今天才知道打掃房子有多辛勞？

知道是知道的，很久以前就知道了，但那時大概是知而不覺，灰塵抹了一趟又一趟，蛛網也許未必有滋長的空間，五年來如是。

如今是最後一個了，開燈是自己，關燈也是自己。這才知道得愈來愈深。

甚麼時候開始，地板失去了原來的亮澤？

牆上的四幅套色木刻畫色調由鮮明變得灰淡，書桌的光管開不着了，黃白的衣服在洗衣機裏染了一片藍斑，左腳穿着拖鞋右腳找不着另外一半。

這些日子裏，漱口的時候，總不免看一眼擱在一旁的三支牙刷。

電話號碼撥了一半，撥號的手指便停頓下來了，覺得沒多少話好說，還是積累多一些話再說吧。

那便想起佛洛伊德（Sigmund Freud）寫信給未婚妻，只能說：「唯一使我感到痛苦的事情，就是無法向你證明我的愛。」

思念也許總是千迴百轉。入住這房子以前，還有一段說悠長也真夠悠長的歲月，多久？有九年多了。

想想過去的十五個除夕，在早已纏結不清的記憶裏原來猶有未盡散去的餘溫，於是就想：儘管沒有甚麼決定可以影響一生，有些決定總可以把人消磨得像沾了水份的蛛網和灰塵，很有點不成形狀了。

蛛網塵封的日子教人不由自主，答應自己，下不為例。從今天起，朝夕勤打掃好了。

二

灑掃了一個下午，房子便漸覺明淨起來了。

之後會發生甚麼事情？地球的這邊和那邊，要說的話還沒有儲夠，所以電話還沒撥通。真是茫茫兩不知了。

或者會有約約莫莫、朦朦朧朧的預感。短一點的時日，比如說：一年半載；長一點的時日，比如說：二十年後；都彷彿可以預感。

可還是不大了了的，是介乎長一點與短一點時日之間的一大截下半生。

回去當然是可以的，那是說：一年半載或者二十年後。

疲倦了，都想家。回去，和家人一起生活，晨昏散散步，午後逛逛街讀讀書，不思不想，徹徹底底的休息，想想也覺得十二萬分好，心神也有點飄飄然了。

帶一本書，到墓園裏的人工湖畔散步，累了便躺在草坡上，看一會兒風景，讀一頁或兩頁。

帶一本書，首選當然是羅拔・布萊（Robert Bly）的《此樹將在此一千年》（*This Tree Will Be Here for a Thousand Years*）。薄薄的一本詩集，便於攜帶；簡約的句子裏有語言的虛位，正好納入遊移其間的感觸與想像。

或者帶另一本，比如羅蘭・巴特（Roland Barthes）的《戀人絮語》（*A Lover's Discourse : Fragments*）。

這本書會告訴你，在戀人的話語中，符號只是一種權宜性質的保險：

符號並非證明，既然誰都可以製造出虛假或模糊的符號來，由此不得不接受（完全是自相矛盾地）言語的至高無上的權威……

或者在大清早起床，踏一輛單車，在小鎮的黑巷、水塘、幽徑、牧場之間認路，看林邊的小松鼠突然出現又突然消失，尋找一個又一個用希伯萊文描述的景物原址，有時帶點無由的感傷，有時滿腦子空空蕩蕩。

一年半載倒是可以的，無論三百六十五天還是一百八十多天，很快就過去了，未必不厭煩不沉悶，只是一生太長了，過些無所事事的日子，好作調劑，也多留一些記憶。二十年後也是可以的，那時候都已經衰老了，責任大概也完成了，剩下的日子都是賺來的，為自己而活，無論如何也不算揮霍。

偏偏就是一年半載與二十年後之間的一大截下半生不可能這樣度過。

想得累了，便多讀一段《戀人絮語》：

既然沒有任何東西能夠給語言作擔保，我就將言語當作唯一的、終極的保險：我不再相信詮釋。我把對方的任何話語都當作真實的符號來接收，並且，當我說話的時候，我毫不懷疑對方也把我的話當真……

戀人的話語的真實性在於：當中有一個自設自在的處境或陷阱。語言在這樣的一個處境裏既保險，也充滿危機，一經說出，在特定語境（或陷阱）裏的真實性都是無可置疑的，再沒有選擇的餘地了。

或如羅蘭・巴特所言：「反正他沒有任何可靠的符號體系可以指望。」

生命難捨藍藍的白雲天。生命的不同階段，都有一片不同的雲天，選擇不是沒有，只是不太多，只因難捨的東西也太多。

那就只好靜心等待下一輪的蜘網塵封的日子。

兩個人的生態哲學

一

天氣回暖了，老人坐在輪椅上，整個身子像還沒乾透的泥塑，綿軟地歪着，老想曬點清晨的太陽。

天氣回暖了，晚上都睡得不好，頸椎的老毛病看來要發作了，麻麻的、癢癢的，好像很艱難地支撐着沉重的頭顱；給老人量了血壓，又給自己量了；旁邊一個撒了尿的老伯也伸出手來，唔唔哦哦的不知說些甚麼。

天氣回暖了，一個大塊頭據說因眼角膜脫落，住了三個星期醫院，說今後不再戴隱形眼鏡了。

天氣回暖了，一個瘦骨仙剛剛出院休息了四天，又匆匆入院治理那老治理不好的腸胃……等等。

也不敢肯定跟天氣回暖有沒有關係。

心裏說了一百個「不」，可還是對人家說：「也好，也好……」只是不想把事情弄得太緊張、太沉重、太僵硬，等等。經過公園，有人徵集簽名，大概要反對甚麼或伸張甚麼，不想解釋，沒弄清楚就簽了。

答應別人去看試影，起床時頭重如鉛，傳呼別人，留言：家裏有點事。

可是再也睡不着了。

一封信說：「……雜念多了，心裏彷彿長出一把又一把雜草。」想想也是。怕是天氣回暖，春風吹又生，雨季一來就更加不堪設想了。

漢斯・薩克斯（Hans Sachsse）在《生態哲學》（*Ökologische Philosophie*）中說：神經系統的對抗控制，並不是對稱的。

那是說：對應（或對抗）的體系不僅僅是為了保持平衡，而且也是互補不足的。他談到激素，說它既使活動程序起了變化（前提被交換了），也引致情緒、思維的變化（交換也總是意味着價值的變化）。

大概用不着打針吃藥，撥掉心頭雜草就好了。薩克斯告訴我們：人的想像力遠遠超越人的行為。

二

他吃了感冒藥之後便沉沉大睡，半夜冒了滿身大汗，醒了，走到廚房打開冰箱，取了半瓶冰水，一口氣喝乾了。

很平靜，沒有甚麼事情發生。

他看見書桌上的幾幀照片，有一幢乳白色的房子，前園長滿了雜草，那是他在遠方的家，他想：很久沒有回家了。

……………

有一排拱形的窗，窗前大一張天藍白碎花的沙發，那是房子的客廳一角，他的家人一定站在照相機拍不到的兩側或鏡頭背後……他很久沒見過他的家人了。

很平靜，沒有甚麼事情發生。

……………

有一排書架，書本齊齊整整地排放在書架上，書架旁有一張灰藍碎花的木搖椅，旁邊有一張木几，上面有一個煙斗……他很久沒有坐在那個角落讀書了。

那是一段很遙遠的旅程，換一至兩次機，飛行超過十八個小時。

兩地時差剛好半天：這裏上午八時，那裏下午八時；這裏是黃昏，那裏是黎明。

一想起那可怕的長途飛行，心便冷了半截。算一算，他沒回家已有五百多天了。五百多天，一年有半……

很平靜，沒有甚麼事情發生。

他坐在書桌前，抽了一根煙，看照片看累了，伏在書桌睡着了。

「怎麼會睡在這裏？」

「沒甚麼，想看點書吧了。」

「夠鐘吃藥了。」

六粒不同大小的藥丸、一茶匙藥水，吃了之後，昏昏欲睡。然後又睡了一大場。醒來是星期天的早上，跟家人一起去喝茶，看了場電影，在街上逛了半天，回家吃晚飯，之後看錄影帶。

很平靜，沒有甚麼事情發生。

只是他的家人在暑假之後便要回家去了。

三

老人昏迷了一日一夜，醫生說：懷疑老人第三次中風。醫生說：不敢太樂觀，只能靜觀其變，沒甚麼可做的了。

老人七十歲了（還是七十一歲？），十二年前，跟一班朋友喝酒，以為醉了，第二天早上起不來，家人抬他回去，輾轉大半天才送他入院，可是遲了。那是第一次中風。

然後，他過了極艱難的半年，學習走路，學習伸屈手指，還未到六十歲，他不甘心從此躺在床上。最難的日子捱過去了，還找到一份夜班看更的差事。

然後，在六年前，在家裏滑倒，躺了四、五個小時，直到家人回去發覺，把他送進醫院，證實是第二次中風。六十六歲了，可是還有極強的生存意志，終於又過了一關，回家休養，依然能走路——雖然走得極緩慢，普通人走十分鐘，他要走上差不多一個小時。

這一次竟然又近乎奇蹟地醒了過來，能用很微弱的聲音說話，手還可以極艱難地移動。他對兒子說：昨夜雨下得很大，護士送了我回家，過了一夜，又回到醫院。

他對女兒說：他在火車站露宿一宵，很冷，一件寬厚的棉袍不知在哪裏遺失了……

他說話時很吃力，但仍在不停地說。

他已經分不清楚是夢境還是現實了，他其實沒有回家。

他也沒有到過火車站，他已經在醫院住了三個星期，可是他還有知覺，還可以用虛弱的身體感知世界。

那個晚上，的確下了一場大雨，他病床的左邊，有一列窗，雨點打在窗上，他聽見了，然後便夢見自己在雨後回家；是的，那天很冷，他感覺得到冷意，想找一件棉袍來穿上，可是沒氣力起床……

老人這一回一定可以活下來，他已經度過了生命中最艱難的時刻——家人都等着他回去。

縫紉機和雨傘在解剖台上的偶遇

一

「這些日子裏發生了好一些事情。」

我對她這樣說的時候，她似笑非笑說：哪一天沒有事情發生？

我才覺得自己的表達能力出了些問題，往往不能簡單而準確地陳述自己的想法，有時長篇大論，說了半天，連自己也覺得有點煩悶了；有時以為精簡，卻原來句句有語病。

語病實在是一個奇怪的複合名詞，語言和疾病連結在一起，有一種糾纏不清的感覺。表達能力如果還不致於過早地衰退，那就一定是事情早已不像往昔那麼單純，早已不像往昔那樣可以最簡潔的詞語來說得分明了。

大約二十年前，跟一位準備移民的友人談到語言的問題，大家的共同理解是：語言可能在本質上就是一種病。

那時發生了很多事情。辭了職，改變了作息秩序，決定遷離這個生活了半生的城市。

那時對一些事情及其背後的機制，愈來愈感厭惡。

那時對群眾的力量、群眾的被鎮壓、群眾的種種澎湃壯闊，以及種種愚庸善良無知，開始感到無從辨悉。

從那時開始，已經沒有辦法單純地相信、單純地愛、單純地生活下去了。

也許表達能力一直受到語言的病所制約，只是往昔不曾洞察，如今又一知半解。那是一段過渡的日子。由一份差事過渡到另一份。由一個城市過渡到另一個。由一種認知世界的方法過渡到另一種。

遠方的友人來信說：長痛不如短痛呢。

我寫了一封長信，但沒寄給她。

因為信中句句都是語病。

二

常常想起一些書信體的小說。

小說作者好像都急於要找一個特定或假定的傾訴對象，於是選擇了書信的形式。或者，像我那樣，沒有辦法寫一個比較完整的故事，沒有辦法把零零星星的小故事組織起來，於是也只好把它們寫成一封又一封的信，用一封又一封的信來解決自己的問題。

有一次在回信中談起昆德拉（Milan Kundera）的《笑忘書》（*The Book of Laughter and Forgetting*），說那是一本由小故事組合起來的大書。那本大書裏也有兩個關於信件的故事互相呼應——信件失去了，設法要找回來，尋尋覓覓，原是一份因失去而感到不安全的愛。

那是另一個故事了，之前也必然有個過渡期，惶惶惑惑，於是不由自主地寫信，寫小說化的信或書信體的小說。

在日漸擠塞的空間、日漸迫切的時間、日漸氾濫而變得空洞的資訊、日漸瘋狂而變得反智的口號、日漸膨脹得浮薄的幻覺……等等，之間，我想我沒有足夠的理性去完成一個自己心目中的大故事，一如我沒有足夠的智性去分析日常生活的種種驟變。

已故的吳智有一次說，沒有甚麼決定可以影響一生。

我並不覺得生命無聊、空洞、浮泛、淺薄……如果我的陳述有這樣的傾向和意指，我相信那一定是語言和疾病在產生某種化學作用了。

書寫、變遷、隨着人流過渡，正正因為我們對生命還有一些無法棄捨的堅持。或者可以轉換另一種叙述方式，以避免第一人稱的尷尬，以及尷尬背後所隱藏的一點點傷感。

三

記憶中有一個下午，三個人在渡輪上喝咖啡。那一定是十月過後，開始有點秋涼的意思了，而外面甲板上的陽光淡薄地映照，影子似有若無，因而有點沉甸甸的感覺。女子忽然說：忠誠到了終極，就是一種不由自主的迷狂了。

男子抽煙，微微移動脖子，吐煙，望出去，彷彿看海，看散散聚聚的島嶼。

另一個女子輕輕嘆喟，說：忠誠何苦一定要到終極？不忠誠假如到了終極又如何？那恐怕不是忠誠的問題吧？

然後一口喝掉半涼的咖啡，走到甲板上，剩下沉默的一男一女，不好意思互看對方一眼了。

桌上有五枝攔腰屈折的牙籤，砌成了五角星，五個屈折點連結成一個海星的形狀，看海的男子轉過頭來，喝一口咖啡，然後在五角星折屈的中心點，滴了一滴咖啡，於是五角星就開始緩緩的向外擴散了，變肥了。

良久，船泊岸了，桌上的五角星微微顫簸，散開了，變成五根好像從來就互不相干的牙籤，倒不免還留下似曾相識的痕跡，一滴咖啡擴散開去，乾了，便留下一個不規則的斑漬。

四

有一次在回信中談起羅蘭・巴特（Roland Barthes）的《戀人絮語》（*A Lover's Discourse*），給她抄錄了一段文字，大概也談到語言和語病。

如果記憶無誤（但它常常有誤），那段文字出自《我們是自己的魔鬼》（*We are our own demons*）：「惡魔，尤其是語言的惡魔（捨此還有甚麼別的惡魔？），是要用語言才可以馴服的。因此，我指望尋找一個較為平和的詞語（我求助於婉委修辭法），以代替（假使我有這方面的語言才能的話）那個侵襲我的（我自己一手造成的）邪惡的詞語，並以此達致驅魔。」

在某種意義而言，詩人都是「自己的魔鬼」，就像洛特雷阿蒙（Comte de Lautreamont，1846-1870）的詩篇所言：「他美得像猛禽爪子的收縮，還像後頸部軟組織傷口中隱隱約約的肌肉運動，更像那總是由被捉的動物重新張開、可以獨自不停地夾住嚙齒動物，甚至藏在麥秸裏也能運轉的永恆的捕鼠器，尤其像一架縫紉機和一把雨傘在解剖台上的偶然相遇……」真是一句一驚心，永遠沒法忘記這位在烏拉圭成長的法裔詩人的奇喻：美與捕鼠器，一架縫紉機和一把雨傘在解剖台上的偶遇。

當然明白魔鬼不是來自外界，而是從內心孕育出來的，並且終有一天會將自己逐出天堂——毫無疑問，那同樣是語言構建的天堂。

生滅榮辱，好像都是語言世界的事情了。構想着一個故事，總是從語言（無論有多美好或多邪惡）的試探開始的，比如從一段對白開始：

「沒有甚麼，只是給你做一頓晚飯……」

「很不巧，我有點事情，要出去了。」

然後是一片沉默，語言和語病開始蠢蠢欲動了。

如果說：「我真的要出去了，要遲到了，下次再談吧。」故事可能便告一段落，種種傷害也許是無可避免的，但故事無疑被語言堵截了。

如果說：「事情遲些再辦好了，反正晚飯總得要吃。」故事於是便找到了發展的線索。一頭魔鬼從後門走了，另一頭又從前門進來。

總是這樣或那樣的語病在創造誤會重重的故事。

用羅蘭・巴特的說法，詞語既是毒藥，也是良藥，這並非舊病復發，而是已存在的惡魔捲土重來。

或者就像洛特雷阿蒙的一首詩所言：「啊，魔鬼，如果你事先努力地連續吸上三千次你對永恆上帝的惡意，我擔保這些煙霧會美化你醜陋嘴臉上那兩個不成形的窟窿，你的鼻孔將因難言的欣喜和持久的陶醉而無限地擴張，在如同灑過香水、燃過香草般芬芳的空間中不再要求更美妙的東西；因為，它們將飽餐完美的幸福，猶如居住在宏偉、安寧、愜意的天宇中的天使。」魔鬼與天使原來住在同一門牌的甲室和乙室。

此時此刻，整個世界便完全被語言宰制了。

五

想起《信是有緣》（*Falling In Love*）的一幕：羅拔狄尼路（Robert De Niro）和梅麗史翠普（Meryl Streep）的故事已告一段落，各自的婚姻也破裂了，有一天在書店重逢，客客氣氣結結巴巴的互相問好，都說很不錯，都裝作若無其事，於是就這樣分手了。

可是羅拔狄尼路走了不遠便掉頭追過去——那頭原已沉睡的惡魔忽然甦醒了。

故事有一千個零一個版本，魔鬼便有一千零一次機會，語言和語病便有一千零一套組合。

如果我真的給她寫一封長信，我想我一定會把一些關於語病的故事寫進去。

如果我真的給她寫一封長信，我要選用一個怎樣的故事去回應她上一封來信的故事呢？

生命永不消失也永不止息——這種談論生命的方式，本身大概已經是一個無命運，無時態、無情節的故事了。

再美麗的故事也只有單向的預設的寓意，可不是生命本身。那麼兩個人便永遠各自表述各自的語病，無始，無終。

擱在抽屜裏的信

有一年夏天天氣格外悶熱，我決定了，要離開這個最親近的城市了。

很多事情本來不必太「用心裝載」，天天都在一大堆這樣或那樣的笑話中掙扎，天天都有一些事情在擾亂你故作安靜的心境，這個城市總是在平靜的表面不斷浮現這樣那樣的暗湧，你總不能徹底的封鎖自己的感覺、聽覺，以及幻覺。

有一個晚上我很想寫信給遠方的友人，還沒有想到寫些甚麼，不是沒有話說，只是不知從那裏說才好，便在信紙上只寫了幾行字：

我用暗號敲門
你說：請進吧，春天
我遲緩地摘下帽子
鬚角沾滿了霜雪

然後就停了筆，再寫不下去了。日子一天一天的過去，好一些事情無論如何都不可能回復初始的樣子了。有些事情是永遠忘不了的，如果全然忘卻，就再沒有故事了。故事猶在，只是故事沉痛的教訓（如果有的話）卻漸漸變得稀淡了，稀淡得近乎忘卻。上一代向我們訴說抗戰的故事，說的時候也不是不沉重，但說了一遍又一遍，就只剩下一個故事，沉重的感覺也愈來愈稀淡了。

有一天天在書店看到好一些討論中國的書，大多是外國人或海外華人對中國研究的專着，其中一本是德籍華裔學者夏瑞春編的《德國思想家論中國》，那是一本非常沉重的書：萊布尼茨（Gottfried Leibniz）就像伏爾泰（Voltaire）那樣狂熱地崇拜中國，認為理想、開明的君主不是歐洲人，而是與他同時代的中國皇帝康熙。

可是赫爾德（Johann Gottfried Herder）把中國比作一具塗了防腐香料的木乃伊，黑格爾（Georg W. F. Hegel）則譴責中國乃守舊落後的化身。

德國思想家為甚麼會由十七、十八世紀對中國的頌讚，轉變為十八世紀末、十九世紀初的貶斥乃至詆毀呢？

看了，並不怎麼生氣，當然談不上激動，只是有一些話想跟遠方的友人說，卻找不到適當的表達方式。

以往並不急於解決問題，心想：來日方長呢。

如今卻是沒有時間去解決了。

日子依然一天一天的過去。當大多數人只記得一個故事而漸漸淡忘故事的沉痛，故事只剩下一個空殼。

是的，那弔詭在於：如果徹底忘卻便再沒有故事了，但一個沉痛的故事如果再不沉痛，或者沉痛的感覺消淡得近乎忘卻，會不會已經不再是原來的那個故事呢？

那是一個又一個主題雷同的故事，千篇一律，就像我給遠方的友人寫信時所引錄的一行詩：將夢境摺好，存放在不同的抽屜。信是寫了一頁紙又一頁紙，可都是撕了，或者沒有裝進信封，都擱在抽屜裏。

當集體的愛恨變成了個人前途的憂慮，當一個大時代演變成為個別的大同小異的小故事，當寫信給甲或乙的時候有很多說要話而不知說些甚麼才好，那只是一個只剩下空殼的故事吧了。

都感到憂慮而且無能為力，都有所不同意但無從言說，於是一個中心解體了——那天在書店翻看了一個美國人寫的關於中國的一本書，說六十年代的中國問題研究，在不知不覺之間形成了一套中國中心論，一邊看一邊就想，真的是這樣子嗎？

不知道。想了半天，還是覺得，最好將故事像信紙那樣摺好，存放在不同的抽屜，你有你的，他有他的，我有我的，都各自有自己的理由，愛的理由，恨的理由，離開這個城市的理由，回歸這個城市的理由，但這三個故事，最終可能只是同一個空殼裏的故事。

也許只有靜心等待，事過情遷，才可以平靜地細說從頭。

且不回頭看究竟

一

有一次在街上碰見一個似曾相識的人，迎面而來，背馳而去，以為是你，卻又不敢肯定，再往前走了一會兒，終終沒有回頭去看個究竟。事隔多日，甚至弄不清楚那麼的驚鴻一瞥是真實還是幻覺了。

三年零四個月之前，總愛說「回頭覺悟」，以為此生柳暗花明另有一番風景，後來漸漸明白那不過是一場誤會，比如你，以為是「有」，終歸是「無」。

還是那句話：信則有，不信則無。萬有或烏有，總是一念。

在這三年零四個月以來，有時你是容易受傷也經常傷害別人的Y（好比一個三岔口，分別通向天堂、地獄與人間）。

有時你是淩晨酒醉才出現、醒轉過來又不知所終的J（好比懸在半空的一個掛鉤，或者吊着無比沉重的諾言或謊言，掛着空空如此的想念或遺忘）。

所以，情願你是○，是一個完完整整的「沒有」，是一個無虧無盈的始和終。

但有時你是W或者M（好比雲外千山，好比潮來汐去，好比呼吸……）。

但有時你是A或者Z（時而作勢騰飛，時而徘徊兜轉……）。

所以，情願你是○，是另一個版本的Story of ○，有色慾的幻想，也有快慰的忘卻；超越了犯罪感和焦慮不安，也超越了禁忌的重重圍困……在溫情而狂亂的瞬間，喘氣、歇息、頹敗、假裝死去，等待另一次活過來。

最後，是無名無懼（have no name and no fear），可也懂得了如何度過日日夜夜——爬出我自已／我整整一生（climbing out of myself／all my life）。

已經懂得了，所以暫時不去想那天在街上碰見的那個迎面而來、背馳而去的人，究竟是不是你。

二

It's me again。剛剛出去散了散步，感染了點寒意，知是冷鋒將至了，可窗外依然是一片風和日暖呢。

昨晚睡得特別好，早上洗衣、燒水、掃地、吸塵、收拾雜物，還回了兩封信，清理了帳單。中午跟我的老病人洗了個溫水澡，碰着了日漸萎縮的皮骨，感觸生命衰頹的無奈（以及無助，以及無恥，以及無聊……等等）。

在黃昏前已十分疲累了。感到自己好像剛剛完成了一次長途飛行，衣物猶帶未及徹底消融的彼岸雪意，滿腦子空空蕩蕩，需要三兩日適應剛好是日夜顛倒的時差……

想着：還是不要跟Y去吃晚飯了，因為太疲累了以致無從忍耐一個三岔口所隱喻的迷惘與徬徨。

比如吃了一頓灼熱的火鍋，然後走在寒流淹至的大街；比如爭吵之後輪流解釋惡毒的言詞是無意的傷害……等等；也需要一些時日去適應剛好是顛倒過來的世界。

也有一段日子沒見過J了，想起那種虛懸半空的諾言或者謊言，以及那種空空如也的掛念或者忘卻，猶有餘悸呢。

也不想跟W或者M、A或者Z見面了。都疏遠了。疏。遠。

那是因為渴望較長時期的安靜，較長時期的穩定。

只好繼續寫些你未必看得到的信。

只好想像有一天在街上碰見一個似曾相識的人，以為是你，迎面而來，背馳而去，始終沒有回頭看看是不是你……等等。

大概已經訂好了機票。

窗外萬家燈火了，沒有了風和日暖的幻覺，才感到冷流的確開始圍城了。

對不起，假裝死去，只是等待另一次活過來。

墳中後記

一

還是老樣子，活得匆忙而勞累，匆忙而勞累地工作、匆忙而勞累地去愛，或不去愛……漸覺時日無多，又想着歸去了。活得有點空空洞洞，信是寫不下去了，不如給你抄一首詩吧：

那一天你來道別
坐在窗前憂鬱

天就黑下來了。我想說
幾句信誓的話
像櫻樹花期

芭蕉濃密的
那種細語——你可能愛聽
我不及開口，你撩攏着頭髮
天就黑下來了。「走了，」你說

「橫豎是徒然。」沉默裏
聽見隔壁的婦人在呼狗
男人堅忍地打着一條鋼針
他們在生活。「我在生活」
我說：「雖然不知道為了甚麼」

冬天裏難得有此刻窗外那麼明麗的陽光呢，並不特別難過，尤其是讀了一些詩，比如說，上面的那一首，原來早就有人這樣寫了：「我在生活，雖然不知道為了甚麼。」一就是如此這般地平靜，也就說盡了淒涼，而窗外的陽光還是那麼的明麗，好像引誘着人出去走走，再說不出信誓的話了。

也想不起昨天的事情了，也想不起一個星期之前、一個月之前、一年之前是怎樣生活下來的，只記得三年有半了，漸覺時日無多，老想着不如歸去。

不一會，天就黑下來了。

彷彿是這三年有半的寫照呢，漸漸就習慣了「在生活」而「不知道為了甚麼」；有一次，忽然想寫大字，想了想，就寫了：「靈台一點，丹青莫狀」。

你說是不是酸腐得教人發笑呢？

二

一年已經到了盡頭，那是說，新的一年很快就開始了。此刻窗外有十分難得的明麗陽光，可提不起勁出去走走。

還是要出去走走的，用輪椅推了老人去公園，冬日裏難得有這麼明麗的陽光，坐在一株常綠樹下，一起曬着和暖的太陽，老人問：今天是不是下過雨？甚麼時候從鄉下回來的？

想了想，原來已經是兩、三個月前的事了，有一些時日在老人的記憶中停頓了下來，從此是生生世世的了。

不如再讀一點詩吧。感覺並不特別壞，尤其是讀了一些這樣的詩：

好不容易揣摩你信裏的
意思——我畫一片青山

一座墳，成群黃蝴蝶
我畫一棵白楊樹
蝴蝶飛上白楊樹

疑慮令人衰老
（雖然不如憂國的衰老
衰老）我逐漸解體，但不能
忍受風化的身後蕭條
你要我流動，流動成河流小小

有一天你可以循着河流
來此山中上墳，你或可能迷失
你必須記得我畫過成群的黃蝴蝶
領你走到一棵比畫中稍高尺許的
白楊樹。我在此……

原來已經是很多年後的「墓中後記」了，白楊樹已長高了尺許，可是成群的黃蝴蝶（好比老人所記得的一場雨，一次回鄉的經歷），卻在記憶中安頓了下來。

老人再沒有疑慮了麼？在冬日裏，難得有這樣明麗和暖的陽光，一起坐在公園的常綠樹下，尋找一些不斷分叉出去的記憶，老人問：那些白骨放在甚麼地方？

然後，沉靜了下來，曬着和暖的太陽，一個想着兩、三個月前的一場雨，另一個想着引路到墳前的成群黃蝴蝶……

都在生活着，雖然都不知道為了甚麼，而且都想着一個比記憶要遙遠一些的家……原來已經是很多年後的「墓中後記」了。

風和日暖，在墳前放一束鮮花

一

有一天，他心血來潮，得一佳句，於是故意在影城碰見一個記者，記者不知就裏，問道：「還想念那女子麼？」他也不嘆氣，也不故作開眉，淡淡然把佳句背誦出來：「唔，就像風和日麗的日子裏，在墳前放一束鮮花。」

感傷遠了，可不是沒有眷念，卻又明白眷念之無益。他聽約翰連儂的歌，學約翰連儂那樣，想像這世界的諸般面相，imagine this，imagining that，不覺就風和日暖了，想像那是一個秋天的下午，心情稀鬆，輕寒裏猶帶淡淡的暖，像詩：

陽光如一幅幅裂帛
玻璃上映着寒白裏江
那纖纖的
昆蟲的手昆蟲的腳
又該黏起來了多少寒冷
——年光之漸去

他想像自己大病初癒，身體有點虛弱，只怕虛不受補，得要耐心調理；說起話來，有氣無力，皆因路途之跋涉，猶似一抹沾了一身霜霧的秋日陽光，在玻璃窗上呵一口氣，才發覺氣若游絲，竟也還有消融窗外寒白的體暖，在玻璃上化作一片朦朧的薄膜。

他想像美亞花露回到他身邊，用他的說話，美亞花露是復歸原位了。可他還是擺脫不了傷感男子的神話系譜，再分不清楚那些是浮生難耐裏的電光幻影，那些是以電光幻影裏的浮生難耐。

他看了十次《情牽九月天》，和記者道別之後，他很想回家再看一遍。「風和日暖，在墳前放一束鮮花」，他愈來愈喜歡這偶得的佳句。他很高興他的美亞花露已復歸原位。

他熄了電視機和錄影機，坐了一會，漸覺輕寒，心生一念，便覺得不好佔口舌便宜了，於是打電話給那位記者，想叮囑一句不想見報，可記者說：對不起，怕要印好了。

涼風入室，他打了一個乞嗤。

二

他覺得眼前這個女子像一個人，但一時之間，想不出像誰。

朋友A跟這女子合唱〈兩忘煙水裏〉，往日意，今日癡……他們談得好像很投契。

他便在朋友A的耳畔低聲問：這女子還有沒有別的名字？

朋友便問女子：還有別的名字麼？

女子說：為甚麼這樣問？

他便搖搖頭，說：沒甚麼……只是很面善……真的……沒甚麼。

繼續唱歌。但他時不時偷看女子，覺得她像一個忘了名字的女子。

繼續唱歌。他開始喜歡唱歌，並且發現，歌中自有一個抒情而通俗的世界。是的，歌裏常常都有一份淺薄而容易滲透人心的傷感。

繼續唱歌。唱了一個又一個晚上。他喜歡一首阿Lam的歌：〈千億個夜晚〉。唱了一遍又一遍，始終唱得不流暢，有時跟不上拍子，胡亂叫，叫完了，熒光幕上的字還沒有完全顯現出來。朋友說：你知道嗎？你不是唱歌，是在讀歌。女子便吃吃笑。

他也不介意。繼續讀歌。這女子實在很面善，像一個人。可是，他想來想去，也想不出她像誰，因為記不起一個名字。

另一晚，阿他和另一個朋友到另一個地方唱歌，還是碰見了那個女子。

朋友跟女子合唱〈兩忘煙水裏〉，他們好像談得很投契。他繼續唱歌，唱阿Lam的〈千億個夜晚〉：再次看你一眼，然後獨自默默遠行……歲月已印在眉間。

有一句，沒一句。歌中總有一份淺薄的傷感。歌中總有一些浮浮泛泛的生命感。匆匆光陰如幻……茫茫然走過，前面尚有——千億個夜晚……如是者又唱了一個晚上。

翌日，朋友問：你知道她像誰？他搖搖頭。
朋友說：像你的前妻。
一言驚醒，原來如此。
此後他不再唱卡拉ＯＫ了。

玻璃杯與玻璃杯

「活得那麼散漫，不覺得荒唐嗎？世界其實並沒有虧欠你甚麼……」一隻玻璃杯說。

「不完全是，有些事情還是相當嚴肅的，散漫？為甚麼不說那是隨意？隨意起來，誰也干擾不了誰。」另一隻玻璃杯說。

「明燈照空局，悠然未有期……」一隻玻璃杯在吟詩。

「淵冰厚三尺，素雪覆千里……」另一隻玻璃杯也在吟詩。

「……」欲言又止。

空鏡頭：咖啡室的茶色玻璃窗外，是漸行漸遠的陌生人，臉孔模糊，背影輕盈。鏡頭緩緩向倒影着雨傘的街道移動，天空有密雲，壓得很低很低。

「Ask me no more, lest I should bid thee live; Ask me no more……」若有若無的輕音樂，熱了又冷了下來的咖啡，以為如此，卻是這般。

乾咳了幾聲：「怕是感冒了……」

頓了頓：「時晴時雨、時冷時暖，這天氣……」

然後，又靜下來了。

一個人用手指醮了開水，在桌上胡亂寫了一些字，好像是一首流行曲的歌詞吧，透明的，依然留下了痕跡，不在桌上，在另一個人的感覺裏。

薄荷煙的氣味、玉桂的氣味、沉默的氣味、嘆息不出來的氣味，一隻玻璃杯和另一隻，在看不見的氣味裏決定了一些事情，心裏明白了，所以就像兩枚以靜制動的地雷。

就像阿爾托（Antonin Artaud）的一首詩：「一隻玻璃杯／裝滿形式和煙」，「玻璃杯和肚子在碰撞；／生活是明亮的／在變成玻璃的頭顱裏」。

然後，又靜下來了。

「Ask me no more, lest I should bid thee live; Ask me no more……」一隻玻璃杯說。

「是兩個始終沒法說服自己的人……」

「而且都懂得最消極的妥協……」

玻璃杯和玻璃杯輕碰一下，音色清脆，只要再稍用力，怕就碰碎了。

「Ask me no more, lest I should bid thee live; Ask me no more……」另一隻玻璃杯也這樣說。

就像阿爾托的一首詩：「聲音的玻璃裏星體旋轉，／杯中煮着頭，／充滿粗鄙的天空／吞吃星體的赤裸」。

一隻明亮而冰涼。
一隻冰涼而明亮。

新銳文學 PG0487

新銳文創 昧旦書
INDEPEDENT & UNIQUE

作　　者	葉　輝
主　　編	楊宗翰
責任編輯	孫偉迪
圖文排版	賴英珍
封面設計	王嵩賀

出版策劃	新銳文創
發 行 人	宋政坤
法律顧問	毛國樑　律師
製作發行	秀威資訊科技股份有限公司 114 台北市內湖區瑞光路76巷65號1樓 電話：+886-2-2796-3638　傳真：+886-2-2796-1377 服務信箱：service@showwe.com.tw http://www.showwe.com.tw
郵政劃撥	19563868　戶名：秀威資訊科技股份有限公司
展售門市	國家書店【松江門市】 104 台北市中山區松江路209號1樓 電話：+886-2-2518-0207　傳真：+886-2-2518-0778
網路訂購	秀威網路書店：http://www.bodbooks.com.tw 國家網路書店：http://www.govbooks.com.tw

出版日期	2011年3月　初版
定　　價	330元

國家圖書館出版品預行編目

昧旦書 / 葉輝著. -- 初版. -- 臺北市 : 新銳文創,
2011.03
面；　公分. --（新銳文學 ; PG0487）
ISBN　978-986-86815-3-8（平裝）

855　　99025640

讀者回函卡

感謝您購買本書，為提升服務品質，請填妥以下資料，將讀者回函卡直接寄回或傳真本公司，收到您的寶貴意見後，我們會收藏記錄及檢討，謝謝！

如您需要了解本公司最新出版書目、購書優惠或企劃活動，歡迎您上網查詢或下載相關資料：http:// www.showwe.com.tw

您購買的書名：______________________________

出生日期：________年________月________日

學歷：☐高中（含）以下　☐大專　☐研究所（含）以上

職業：☐製造業　☐金融業　☐資訊業　☐軍警　☐傳播業　☐自由業

☐服務業　☐公務員　☐教職　☐學生　☐家管　☐其它_____

購書地點：☐網路書店　☐實體書店　☐書展　☐郵購　☐贈閱　☐其他

您從何得知本書的消息？

☐網路書店　☐實體書店　☐網路搜尋　☐電子報　☐書訊　☐雜誌

☐傳播媒體　☐親友推薦　☐網站推薦　☐部落格　☐其他__________

您對本書的評價：（請填代號　1.非常滿意　2.滿意　3.尚可　4.再改進）

封面設計____　版面編排____　內容____　文／譯筆____　價格____

讀完書後您覺得：

☐很有收穫　☐有收穫　☐收穫不多　☐沒收穫

對我們的建議：______________________________

____

____

____

請貼
郵票

11466
台北市内湖區瑞光路 76 巷 65 號 1 樓

秀威資訊科技股份有限公司 收

BOD 數位出版事業部

....

（請沿線對折寄回，謝謝！）

姓　　名：________________　年齡：________　性別：□女　□男

郵遞區號：□□□□□

地　　址：____

聯絡電話：(日) ____________________ (夜) ____________________

E-mail：____